SV

Bibliothek Suhrkamp

Ludwig Hohl gilt als Geheimtipp der Schweizer Literatur. Am 9. April 1904 im Glarner Netstal als Sohn eines Pfarrers geboren, begab er sich nach Schulabbruch 1924 zuerst längere Zeit nach Paris, dann nach Wien und schließlich Den Haag, wo in äußerster Einsamkeit sein monumentales *Notizenwerk* entstand. Nach der Rückkehr in die Schweiz bezog er ab 1937 festen Wohnsitz in Genf und wurde – nicht zuletzt aufgrund seiner kompromisslosen Denk- und Lebensweise – zu einer Projektionsfigur für viele Autorinnen und Autoren: zu einem *writer's writer*. Eine jahrelange Rechtstreitigkeit mit dem Artemis-Verlag erschöpfte seine Kräfte. In der zweiten Lebenshälfte zehrte Hohl vornehmlich von seiner eigenen Legende, es gelang ihm jedoch, die lang erwartete Meister-Novelle *Bergfahrt* fertigzustellen. Kurz vor seinem Tod am 3. November 1980 wird dem Autor für sein Lebenswerk der Petrarca-Preis verliehen. Die Laudatio hielt Peter Handke.

Der nachgelassene Bericht *Die vorletzte Station*, eine Chronik von Hohls Aufenthalt im savoyischen Bergdörfchen Dingy, schildert die reale Begegnung mit Georges Mergault, einer heruntergekommenen ehemaligen Montparnasse-Bekanntschaft. In der haltlosen und kranken Künstler-Existenz Mergaults sieht sich der Erzähler mit einem monströsen Gegenbild seiner Vorstellung vom richtigen Leben konfrontiert und zugleich mit eigenen Abgründen. In einzelnen Episoden, schwankend zwischen Abscheu und unterschwelliger Faszination, entsteht das Porträt einer Figur radikaler Unangepasstheit vor der Kulisse eines skurrilen Dorfalltags.

Ludwig Hohl
Die vorletzte Station. Die Chronik Dingy
Ein Bericht

Mit einem Nachwort
von Ulrike Draesner

Herausgegeben im Auftrag
der Ludwig Hohl Stiftung von
Magnus Wieland

Suhrkamp Verlag

Klimaneutral
Druckprodukt
ClimatePartner.com/14438-2110-1001

Erste Auflage 2023
Originalausgabe

Umschlaggestaltung nach einem Konzept von Willy Fleckhaus
Satz: Satz-Offizin Hümmer GmbH, Waldbüttelbrunn
Printed in Germany
ISBN 978-3-518-24381-7

www.suhrkamp.de

Die vorletzte Station. Die Chronik Dingy

Erstes Zusammentreffen in Annecy

In Annecy, im April (1931), in einer Zeit großer Erschütterungen, materiellen Mangels und totaler Isolation, in einer ersten Stille auch nach dem Höhepunkt der Erschütterungen und in wachsender materieller Sonnenhitze, – wie ich an so einem hellen Sonnentag die Straße herunterkam, hatte ich ein Zusammentreffen, an das ich am wenigsten dachte: MERGAULT stand vor der Apotheke, wartend, Ausschau haltend und mit dem Apotheker sprechend, Mergault, an den ich wahrlich in letzter Zeit nicht sehr häufig (d. h. gar nicht) gedacht hatte und den ich überhaupt, seit ich den Montparnasse verlassen, von Monat zu Monat mehr aus den Augen verloren. Ich sah den Mann erst stehen, meine Blicke hafteten an ihm und erst allmählich kam ich zu der Erkenntnis, wer das sein könne, und ich zweifelte noch, immer mehr hinstarrend; ich war ihm aber näher gekommen und da nun auch er mich erblickte und Zeichen des Erkennens gab, zeigte sich, dass ich mich nicht getäuscht hatte; und ich konnte mich nun völlig meinem fast maßlosen, wenn auch nicht lärmenden, Staunen hingeben. – Wahrlich: Mergault hier – jeder andere eher! Wie kam denn der aus dem Montparnasse heraus? Die einzige Lösung des Rätsels wäre für mich gewesen, dass er hier seinen früheren Wohnort, Anverwandte hätte – was sollte er sonst hier tun? Er, und etwa Versuchsreisen, Einsamkeitsreisen unternehmen? Blitzschnell überlegte ich, dass er auch nicht etwa der Fremden, des Betriebs des Ortes wegen hatte herkommen können: zu dieser Jahreszeit war Annecy von Fremden fast völlig leer.

Das Rätsel wurde nun bald einigermaßen gelichtet, nachdem wir uns begrüßt hatten, er wortreich, fast lärmend, ich stiller (wie es zu meiner Verfassung passte). »Herrgott, was tun Sie denn hier?« (das »Sie« ging dann bald in das »Du« über, das wir in früherer Zeit schon manchmal angewendet hatten). »Herrgott, was – (er redete fast dauernd) ... ich wohne draußen auf dem Lande, in einem Kästchen, ganz in Landwirtschaft, mitten zwischen Bergen. Ha! Im Montparnasse glauben sie mich tot! Man hat mich totgesagt, man hat mich totgesagt – haha, nun wohne ich hier draußen in einer Pension und esse mich gesund. – Aber wie kommen Sie daher, was tun Sie denn hier?« Er ließ mich nicht zu Worte kommen, er verstand auch nicht, wenn ich ihm eine Erklärung begann und neigte nur dazu, Leben, Bewegung, Freude auszudrücken. »Kommen Sie, sagte er, wir müssen ein Glas nehmen; dort in dem Bistro, ich kehre dort immer ein.« Ich erklärte, dass ich wohl ja sage, aber ohne Geld sei. »Schon gut, kommen Sie, kommen Sie.«

Es konnte mir nur angenehm sein, etwas zu trinken, ich ging fast zu Grunde und war trostlos in dem heißen hellen Tag herumgeschlichen. Wir traten ein und bestellten. – Gerade klar und plausibel war mir nicht, was er bisher sagte; totgesagt? gerade tot sah er nicht aus; ich hatte ihn im Gegenteil nie so frisch, rein und gesund gesehen. Er hielt sich stramm und hatte ein gutes Körpergewicht – etwa 75 Kilo bei weniger als 1 m 70 Höhe –; das Gesicht etwas fett, aber keineswegs schwer, sondern scharfgeschnitten von der Art der Seeleute. Ein altes Säufergesicht von der unbrutalen und nicht idiotischen Art, mobil, aber zur Freundlichkeit oder zum schäumenden Ausbruch geneigt. Er war 47 oder 48 Jahre alt. Die Haare ergrauend. Ohne Kopfbedeckung stand er in strammer, Gefallen erregender, sozusagen sportlicher Haltung (er war nicht schlecht gebaut) auf dem hellen Trottoir, als ich ihn erblickt hatte.

Nun, vor dem Zink, wo auf ein Glas ein zweites, dann ein drittes folgte, taute ich mehr auf; er hatte das Auftauen nicht nötig, er wurde nur schäumender, dionysischer. Ganz klar wurde mein Bild doch nicht durch die Berichte, die er gab, zumal er keineswegs etwa eine zusammenhängende Erzählung verfolgte, sondern bald da, bald dort einen Abriss gab, meist nur in Form einer knallenden Bemerkung, die Freude, Überschäumen erzeugen sollte, es zu einem Teil auch tat. Mergault redete leicht und gut. Er wandte sich an alle Leute – z. B. hier von Zeit zu Zeit auch an den Wirt, er erklärte ihm, dass er hier einen Kameraden, einen Freund aus dem Montparnasse wiedergefunden habe, ganz zufällig, welches Wunder! Er erzählte von seinem Aufenthaltsort, von den Bauern des Dörfchens, welche gafften, das Werkzeug unbeweglich in der Hand ließen, ihm nachstarrend und die Arbeit vergessend. Alles erzählte er in kurzen, mehr oder weniger geistreichen Bemerkungen, voll von überschäumender Lebendigkeit – auch der Wirt hier sagte immer weniger (wir waren in einem kleinen Bistro, mehr für hiesige Bevölkerung – am ehesten für Arbeiter – als für die in der Saison erscheinenden Fremden) und starrte manchmal schon sonderbar.

Ich konnte aus den Berichten Mergaults mit Sicherheit soviel erkennen: Dass er in Paris, mitten im Montparnasseleben, gefährlich erkrankt und in ein Spital gebracht worden sei. Ja, man hätte ihn sogar aufgegeben, auch im Spital.

Er überstand es aber – ha, er hätte eine Donnersnatur (er brüstete sich gewaltig) – und kam zur Rekonvaleszenz mitten im Winter hierher – eine Bekannte, die oft hier weile, habe den Ort, die Pension, die ihm besonders günstige Bedingungen gewähre, vermittelt. Seine Eltern, infolge seiner lebensgefährlichen Erkrankung, seien ihm wieder zu Hilfe gekommen und bezahlten die Pension.

Ha, eine *lésion aux poumons* – Blut sei herausgestürzt – er konnte nicht mehr; wollte erst noch widerstehen, *wollte* im Montparnasse bleiben, da wurde es ärger, er brach zusammen und man führte ihn doch ins Spital. –

Aus dem einen Café gingen wir in ein anderes. Ich war zufrieden, bedauerte nur, dass ich nichts zu essen hatte. Er belebte sich immer mehr, trank Cognac und Apéritifs, war schäumend und überlebendig, redete zu verschiedensten Leuten, die alle sehr wenig antworteten und viel starrten. Öfters sah er auf die Uhr. Sein Autobus – der letzte fuhr früh nach Dingy, dem Ort, wo er wohnte – schien ihm Sorge zu machen. Mich störte das, ich erkundigte mich nach der Abfahrtszeit – um 6 Uhr, sagte er – und ich rief: Herrgott, jetzt ist es noch nicht fünf, für den Weg zum Bahnhof brauchen wir fünf Minuten, eine ganze Stunde könnten wir noch ungestört sitzen! Das war auch so und es leuchtete ihm mehr oder weniger ein, wir redeten und freuten uns weiter, er erzählte von Dingy, von den ungeheuren Besoffenheiten, die dort vorkämen – alle Bauern söffen gewaltig, man müsse mithalten – aber nur Rotwein, immer Rotwein, das sei gesund; kein giftiges Zeug, Pernod, Weißwein, Apéritifs, mit denen man sich im Montparnasse zu Grunde richte, er saufe sich hier wieder gesund! Dann lachte er wieder brausend, in einer Art, die viele gewinnen konnte. Zugleich tauchte aber auch, vor allem für den, der ihn im Montparnasse in viel besoffeneren Zuständen gekannt hatte, – das muss ich besonders betonen, nachdem ich seine anfänglich flotte Erscheinung geschildet habe – viel Ekelhaftes an seiner Erscheinung auf: Unreinlichkeit erschien im Gesicht, zu viel Versoffenheit, leichter Schaum trat auf die Lippen, Ausgelassenheit brach hervor, die sich nicht halten konnte, dann wieder hässlich verstärkt wurde wie auch die gurgelnden Schreie; zu viel Verhurtes im Gesicht. Ach es war ja nur Mergault, der alte Mergault, der fürchterliche Schreier von Montparnasse, den ich da getroffen hatte, kein anderer; fast jeder andere wäre mir lieber gewesen. – Wieder schaute er nach der Uhr, jetzt müssen wir gehen, sagte er, zahlte und erhob sich; ich folgte ihm nach dem Bahnhof, aber es war noch immer viel zu früh, wir trafen fast eine halbe Stunde vor der angegebenen Abfahrtszeit des Autobusses ein. Er suchte den Autobus, aufgeregt, fast ohne alle Besoffenheit, rannte ums Häuschen herum, in dem das Büro sich befand; ich wusste nicht, wo der Autobus stehen sollte, fragte schließlich kurzerhand am Schalter, – selber auch ziemlich belebt, nach dem betreffenden Autobus. O, der sei abgefahren, belehrte man mich ruhig. Also keiner mehr heute? Nein, keiner in jener Richtung mehr. Als Mergault das vernahm, wurde er noch aufgeregter (ich war ärgerlich, dass er das *so* wichtig nahm) und gab mir die Schuld. Er wollte nicht verstehen, dass wir lange vor der Zeit, die er angegeben, eingetroffen waren und seine Täuschung schuld war. Er sah jetzt so detraquiert aus, wie die besoffene Betty, die, um Schuhe zu kaufen, in den Gassen hin und her rannte, mich manchmal stehen ließ, dann wieder nicht erkannte, Taxis nahm für eine ganz kurze Distanz, und dabei gar nicht Eile haben konnte. – Er weiß was, er wird ein Taxi nehmen, nach Dingy zu fahren, Madame Martinod wird es zahlen; und schon zog er mich, übrigens barsch und wütend gegen mich, in ein Café hinein, in dem er telephonieren wollte. Wir tranken wieder etwas, er telephonierte wirklich, redete dabei auf einmal wieder in vollem Schwung der Besoffenheit, emphatisch, überhöflich, mit reichlichen Zugaben. Gut, also er komme, nicht wahr; er hängte ab.

Wir traten hinaus und er fragte die Chauffeure, einen nach dem andern: keiner wollte unter fünfzig Francs fahren. Darüber wurde Mergault wütend, er nehme gar keinen, sagte er. Wir gingen weiter und er schimpfte noch gegen mich über jene; aber nur ein paar Schritte gingen wir, dann wurde er wieder ratlos: wohin? Das Geld, das er bei sich getragen, war beinahe aufgebraucht, zeigte sich jetzt, ihm blieben nur noch einige Münzen. – Da kam mir ein Gedanke: Höre, sagte ich, ich stehe gut mit meinem Hôtel, du kannst dort übernachten, ich werde ein Zimmer für dich bestellen, das man auf meine Rechnung schreibt, die ich später bezahlen werde. Das geht ganz gut. Und morgen fährst du mit dem Autobus in deine Pension. Nur, zu essen kann ich dir nichts geben, allerdings. Aber vielleicht schläfst du früh, und, wenn du morgen früh zurückfährst ...? (ich dachte: Mergault, der so oft nicht gegessen hat ...) Er wollte erst nicht, suchte immer noch da und dorthin einen Ausweg zu finden. Schließlich ließ er sich doch nötigen. Ich führte ihn also hinauf, trat ins Büro meines Hôtels und bestellte, für meinen Freund, ein Zimmer. Auf meine Rechnung zu schreiben. Die Sache ging anstandslos. Mergault stand da, suchte seine beste, gefälligste Haltung einzunehmen und musste noch rasch seinen Anmeldezettel ausfüllen – obligatorische Formalität – dann ging der Kellner voraus, das Zimmer zu zeigen. Der Weg führte am meinigen vorbei, das für ihn bestimmte lag einige Türen weiter am selben Gang. Hier bin ich, wenn du mich suchst, sagte ich und ließ ihn mit dem Garçon weitergehen. Ich wusch die Hände oder dergleichen, verwunderte mich bald, dass er nicht erscheine, trat in den Gang und sah seine Zimmertür angelehnt. Waschen ohne Seife kann er sich nicht, dachte ich und ging, um nach ihm zu sehen, ihm Seife zu bringen, zu seiner Tür, die einen Spalt offen ließ, klopfte. Keine Antwort. Ich rief, alles blieb still. Da stieß ich die Tür auf und sah das Zimmer leer und völlig unberührt. Nun, ich wartete eine Weile. Nach einer Viertelstunde begann ich Mergault zu suchen, ging bis ins Büro und fragte, ob man wisse, wo er sei. O ja, der Herr sei ausgegangen, sogleich, kaum ins Zimmer eingetreten, sei er wieder ausgegangen. – Die Sache war ein bisschen unangenehm für mich, musste mich in ein sonderbares Licht stellen. – Wo konnte er hingegangen sein? rechnete ich, und mir fiel gar keine andere Möglichkeit ein, als dass er doch ein Taxi genommen und davongefahren sei. Als er am späteren Abend noch nicht zurückkam, befestigte sich mein Verdacht. Es war auch so. (Ich telephonierte einmal an und erfuhr, dass er dort sei und alles richtig.) Der Vorfall ärgerte mich. Den Leuten des Hôtels erklärte ich, dass dieser mein Bekannter, den ich zufällig hier getroffen, schon in früheren Zeiten, im Montparnasse, etwas sonderbar gewesen sei, jetzt hätte sich seine Verrücktheit anscheinend verstärkt, ich hätte ihn seit langem nicht gesehn. (Übrigens waren die Leute so anständig, mich das Zimmer nicht einmal bezahlen zu lassen.)

Zweites Zusammentreffen in Annecy

Nach einiger Zeit, vielleicht einer Woche – ich hatte Mergault schon mehr oder weniger aufgegeben, was mir nicht schwer fiel, dachte, er sei ebenso schnell wieder verschwunden, wie er plötzlich aufgetaucht sei – sah ich ihn wieder. Er stand wieder auf demselben Trottoir und wartete, aber diesmal hatte er einen großen Marktkorb, gefüllt mit dem verschiedenartigsten Küchenproviant, neben seinen Füßen stehen, den er offenbar bewachen musste. Er schimpfte auch lustig über die Dauer des ihm auferlegten Wartens – nachdem er mich freundlich begrüßt hatte, unschuldig, ohne über die Art unseres letzten Auseinandergehens ein Wort zu verlieren. Ich musste aber doch darauf zurückkommen, erzählte, dass ich den Leuten des Hôtels erklärt hätte, er hätte schon früher Zeichen von Verrücktheit gegeben – nun hätte ich ihn lange Zeit nicht gesehen und nicht gewusst, dass seine Krankheit so zugenommen habe – ich musste mich doch irgendwie decken und das mache man am besten mit der Wahrheit. Er verzog eine Tausendstel Sekunde lang sein Gesicht zu einem Lachen, wie über einen kurzen Spaß, der einem nicht gefällt, und ging dann spurlos über die Sache weg.

Mergault eliminierte einfach die Dinge.

– Er gebärdete sich dann wie ein ganz großer Feinschmecker, mir die Dinge, Kräuter und Fische, erklärend, die im Korbe seien. Dann kam endlich die erwartete Mère Martinod, die Pensionsmutter, der er mich umständlich vorstellte. Sie war eine kleine, altertümlich, d. h. ländlich gekleidete Frau, die sehr prüfend schaute und nicht viel sagte. Ungeheuer alt war sie und doch noch etwas dick, aber nicht etwa schwammig, sondern bäurisch fest. Während sie langsam ein paar Worte sprach, hatte ihre Stimme eine langgezogene, fast rasselnde Schärfe, wie eine verborgene Drohung, wobei aber ihre Worte keineswegs drohend, sondern durchaus höflich und korrekt waren. – Mergault hatte übrigens bei der Vorstellung zur bessern Charakterisierung meiner Person hinzugefügt: Der Mann, der ihn letztes Mal den Autobus verspäten machte. – Ich beachtete die Art, wie Mergault sich mit der Frau, zu der sich bald eine andere gesellte (ich glaube, ihre Tochter), benahm: höflich, bestrebt und sehr unterhaltsam, manchmal an einen großen Sohn mit seiner alten Mutter erinnernd. – Wir saßen wieder eine Weile in einem Café, wobei mich Mergault, wie schon das vorige Mal, ihn zu besuchen aufforderte. Ich *müsse* mal schauen kommen, wie das Nest, die Gegend, das Ländchen aussehe! Wenn er des Morgens die Laden öffne, sehe er die Berge, ha! ... er entwarf wieder ein bizarres Bild vom Ort, den Zuständen, in denen er sich befinde. – Diesmal verfehlte er keinen Autobus. Er stieg hinein mit den zwei Damen (er benahm sich halb jovial, halb kavalierartig höflich) und mit den Körben und Marktnetzen voller Kräuter. Man winkte noch im Davonfahren.

Als ich Ende April an einem Nachmittag – nachdem am Vortage als Abschluss des Dramas, das sich hier für mich abspielte und das mit Mergault rein gar nichts zu tun hatte, ein erschütternder Skandal stattgefunden hatte – mich in den Autobus gesetzt hatte, der in Richtung Dingy fuhr (schon am Vortag hatte ich, keinen andern Ort wissend, dorthin fahren wollen, aber es war zu spät gewesen), überkam mich auf einmal, unter der Wirkung verschiedener Umstände zusammen, eine Art Wohlgefühl; das Auto gefiel mir, entfernte sich auf weichen Federn aus der Stadt und stieg weite grüne Bodenwellen, die sich immer höher hoben, langsam hinan, sodass der See immer weiter sichtbar wurde. Das Wetter war regnerisch und wurde immer glänzender und schöner, die Natur hatte einen unerhört frischen Geruch. Und ich sagte mir vor fast zehn Jahren gemachte Verse vor, in denen sich meine Stimmung am besten sammelte: »Da fängt rings weit das Wasser / weißblau zu schimmern an / Aus Wiesen steigt ein nasser / Grasfittich himmelan.« Diese Verse fielen mir plötzlich, aus einer fast uralten Zeit her, ein. – Das Gelände hob sich, ungeheuer weit ausgedehnt, in langsamen Wellen höher, war also keineswegs ein Tal. An den zahlreichen kleinen Stationen stieg etwa ein Bauer, eine alte Frau ein oder aus. Die Straße beschrieb allmählich einen Bogen, sodass der See Stück um Stück verschwand, weil sich ein mächtiger Voralpenberg davorschob, und erst jetzt, langsam, weit von der Seite her, mündete die Straße in ein Tal ein, das sich eben hier mehr oder weniger zerfasert hatte, weil der Fluss in eine Art

Ebene, ein Hügelgelände floss, wo er sich mit andern traf, kurz, weil die Voralpen fast plötzlich in flaches Hügelgelände abfielen. Das Tal aber, in das wir einmal eingetreten waren, prononcierte sich fast ebenso plötzlich, indem die Hänge links und rechts, dicht bewaldet, steil und hoch aufschossen und immer näher zusammentraten; nach wenigen Kilometern fuhren wir in einer gewissen Höhe über dem schäumenden Flüsschen, der einen Flanke einer regelrechten Schlucht entlang, indem an die Stelle der steilen Waldhänge immer mehr Felsen getreten waren, große Stücke der Flanken unersteigbar machend. An der engsten Stelle hielt der Autobus wieder: ich wusste, dass ich da aussteigen musste. Ich stand nun mitten im Défilé von Dingy, das sich als Naturschönheit der Umgebung Annecys eines gewissen Rufs erfreute. (Die beiliegende Ansichtskarte, deren Photograph ziemlich genau beim Bahnhofsgebäude stand, zeigt diese Stelle.) Ich wusste, von hier aus musste ich etwa zehn Minuten zu Fuß gehn. Ich überschritt das Bergflüsschen auf einer nicht unschönen alten Steinbrücke, schritt auf kleinem Sträßchen talaufwärts (der Autobus fuhr auf dem andern Ufer weiter), an einem großen Haus vorbei, hinter dessen Fenstern ich viele Mädchen arbeiten sah und »da tut sich ein lachend Gelände hervor«. Nach wenigen hundert Metern war das Tal sehr breit geworden und erinnerte mit nichts mehr an eine Schlucht. Nach noch ein paar hundert Metern standen wieder ein paar Häuser am Weg (von denen eines ein winziges Café enthielt) und nach einem ganz kurzen Intervall lag vor mir ausgedehnt, breit und still die Pension Martinod (Hôtel du Fier – Restaurant – Witwe Martinod – Pension, oder dergleichen stand naiv und schön gemalt auf einem alten und farbigen Aushängeschild, das schlecht befestigt war, zu lesen). Das Haus sah beinahe aus, als ob es nach Bildern von van Gogh ausgeführt worden sei. Ein Kiesplatz knirschte, über den ich schritt, zwei Kastanienbäume standen drin, ein Umgang führte oben im ersten Stock an ihren Kronen vorbei, Holzgitter, ein sehr hohes und niedrige, waren grün gemalt. Sie waren sogar frisch gestrichen zu einem Teil, und der Maler war – Mergault. Mit Mühe fand ich einen Eingang ins Haus, d. h. konnte ich die Aufmerksamkeit eines Menschen erregen, der mich weiterführte, nachdem ich eine Weile in einem ersten Raum, einem Café, das fast ohne Möbel stand, gewartet hatte, während das Haus ausgestorben schien. Jetzt, als ein ganz gigantisch gebautes Mädchen mit faul mürrischem Gesichtsausdruck mir zögernd durch eine Tür entgegentrat, fingen Hunde zu bellen an, schwiegen aber sogleich wieder. Das Mädchen wies sich, während ich mein Begehren, Mergault zu sehen, vorbrachte, aus über ein nicht gewöhnliches Maß von Idiotismus, indem es das ungeschlachte Gesicht hässlich in voller Verständnislosigkeit verzog, – das Mädchen war indessen noch jung, 18 oder 20 Jahre – und nur ein dem Gähnen ähnliches »Häh?« hervorbrachte. Nun aber erschien die mir wohlbekannte Alte wieder, die Patronin, die Mère Martinod, und, mich sofort erkennend und tausendmal beweglicher, grüßte sie und lud sie mich ein, hereinzutreten, Mergault werde gleich erscheinen, – während das Mädchen, rätselhaft von der Seite starrend, quasi außer Kurs gesetzt wurde und ratlos dastand mit ihrem viel zu großen Körper (mit dem sie gar nichts anzufangen wusste), das Gesicht so bewegend, als ob sie langsam etwas kaue, einen Rest des Mittagessens, das vor zwei Stunden stattgefunden hatte.

Nun wartete ich, nachdem wir durch einen zweiten kleinen Caféhaus-Raum getreten waren, in einer sehr wenig hellen Küche – das Fensterchen war in Kopfhöhe und ging, im selben Niveau liegend, auf die Felder, die, noch weiter ansteigend, sich hinter dem Hause dehnten – und hier erschien Mergault, zur andern Tür hereintretend. Er war nicht so gut gekleidet wie in Annecy, sondern sehr schlecht, – er hätte angestrichen, sagte er – und auch seine Laune war lange nicht so gehoben, eher so dunkel wie die Küche. Aber er schien doch froh zu sein über meinen Besuch und begann gleich, nachdem wir uns um den runden Tisch gruppiert und Getränk bestellt hatten, viel zu reden. Die Mère Martinod gehörte so halb zu uns, halb zum übrigen Hause und zu allerlei kleinen Beschäftigungen. Das vor Gesundheit strotzende Mädchen saß in einer kleinen Distanz auf einem Stuhl und richtete immer wieder starrende, verzweifelt forschende Blicke unter niedriger Stirn hervor – ihre Stirn war sogar auffallend niedrig – auf uns, durch ihre ungefügen Glieder keineswegs im Begreifen gefördert. In welchem Maße sie demütig und von Minderwertigkeitsgefühl beseelt war, erfuhr ich erst, als Mergault sie anredete (da ging mir auch auf, dass sie die Magd im Hause war). Er tat es ungefähr in der Weise, wie man einen schwerhörigen Stiefelputzer anredet: »He! Marie! wie geht es?« oder »Schon wieder Hunger, Marie?« Oder dann machte er, anknüpfend an irgendeinen Gegenstand, von dem man redete, einen ungeheuer derben Witz, der an Marie gerichtet war; es dauerte eine Weile, er betonte, er unterstrich, während

Marie ihre niedrige Stirn in angestrengte Denkrunzeln legte, bis sie auf einmal begriff und ihr Lachen kam, sie langsam ihre großen hellen Zähne entblößte – man dachte, das Lachen sei da, – aber *dann* erst war ihr die Sache ganz aufgegangen, – und sie holte zu einem Lachen aus, welches in seiner ungeheuren Bloßheit hereinbrach wie ein Bergsturz. – Mergault redete gepfeffert gegen Marie, ebensoviel Geärgertheit gegenüber ihrer Unerwachtheit – in ihren Gliedern und in ihrem Kopf – sprach mir daraus entgegen, als Freude an dieser Art Unterhaltung. – Um gleich noch einige Charakteristiken Maries anzufügen: Sie stammte aus einer sehr kinderreichen Familie (ihre Mutter, eine kleine Frau, aus dem Arbeiterstand, setzte jetzt noch, im ca. 30sten Lebensjahr Maries, kleine Kinder in die Welt); sie war Italienerin österreichischer Abkunft, geboren in Triest; ein höchst leistungsfähiges Arbeitstier, gewiss; aber ebenso gewiss ist, dass man ihr jeden Schritt einzeln zeigen musste; ihre jetzige Stelle bedeutete ihr einen Aufschwung, quasi schon eine exponierte Höhe; sie hatte schon seit Jahren gearbeitet, vor allem in der Seidenweberei von Faverges; aber auch von den deplorablen Zuständen, die unter der dortigen Arbeiterschaft herrschen, merkte man ihr nichts an; ein fast unbegreifliches Hochschießen der Kraft wirkte in ihrem Körper (31 bis 39 cm Umfang der hängenden Arme, entsprechende Schulterbreite, keine Spur von Bauch; sie musste mindestens siebzig Kilo Nacktgewicht haben, war weder klein noch groß, für Frankreich eher groß); sie machte den Eindruck, dass sie nie zu ermüden wäre. Sie war Jungfrau in jedem Sinne (dass sie es körperlich sei, war eines der wenigen Dinge, die sie mit Deutlichkeit wusste).

Mergault griff an diesem Punkte vor allem an. Ihn ärgerte die Dumpfheit dieser starken Fleischmassen, die indessen doch nichts vom Ochsen an sich hatten, eher an eine sehr starke Kuh erinnerten; Marie mit ihrer niedrigen Stirn, den großen, haftenden, reißenden, idiotisch starrenden Augen, den breiten Schaufelzähnen und starken Kiefern musste eine verborgene riesige Sexualität besitzen, von der sie keine Ahnung hatte.

– Mergault redete viel, sagte ich: er erzählte. Und zwar erzählte er so zusammenhängend und mit solcher Applikation, wie ich es nie bei ihm erfahren hatte. In Paris kann so etwas nicht vorkommen, die Einsamkeit drückte ihn, er war hungrig, Ohren, die diese Dinge empfingen, vor sich zu haben; in Annecy wiederum war der Ort zu besonders, zu auflösend gewesen, hier, in der engen Küche inmitten total stiller Landschaft drängte er zusammen. – Er erzählte vom Montparnasse. Dinge, die ich zum großen Teil wusste, die aber wesentliche Ergänzungen bekamen. Besonders die Schreckgestalt Petroffs wurde mir unangenehm vor die Augen gerückt. – Die wenigen Stunden vergingen rasch und ich musste zu meinem Autobus gehen (der ca. um 18 Uhr zurückfuhr), in meinen elenden unentschiedenen Annecy-Aufenthalt zurückzukehren; ich schaute nochmals die Landschaft an, das ungeheuer breite Tal (es gabelt sich hier) mit den jäh ansteigenden Hängen aus Wald und aus Wiese, und den langen Ketten von kahlen Felsentürmen in der Höhe; hier unten erwachte eben die Vegetation siegreich; ich verließ manchmal die Straße und brachte einige Blümchen mit, Primeln, auch Himmelsschlüsselchen genannt.

Zweiter Besuch in Dingy

Nach einer Woche fuhr ich – an einem Tag besonderer Depression, um mir eine *contenance* zu geben – wieder für einen Nachmittag nach Dingy. Mergault war aber selber gar nicht siegreich aufrecht, er redete von seiner *lésion aux poumons* und wurde erst heiterer nach einer Anzahl Gläser Rotwein. Der Besuch konnte mir keine große Erleuchtung bringen – etwas Stimmung, etwas Lärm, Ausgelassenheit, die ein paar Stunden verstreichen ließen, drin in der engen Küche bei den Getränken, nun ja, ich hatte nichts anderes. Dann war hier noch die Natur, die Landgegend draußen. Ein paar Leute kamen auch an, rohe Bauernburschen der Gegend, drangen ohne weiteres in die Küche ein, bestellten, unter rohen Späßen gegenüber Marie, einen Liter, zu dem sie Mergault einluden, dann noch einen und verschwanden wieder. Sehe ich, sagte Mergault triumphierend, wie er hier trinken *müsse*? Und so sei es immer, ha, ein Leben! Ein Leben …! – Wirklich, ein Wunder diese Pension, sagte er mir dann, gleichsam im Vertrauen, mit leiserer Stimme: das Essen – ausgezeichnet, ländlich, aber ausgezeichnet; und der Wein dazu – er esse *en famille* – werde nicht gemessen, er schicke sich, bei seiner Seele!, anderthalb Liter in den Magen bei einer Mahlzeit! (»je m'envoie un litre et demi«) – Er wiederholte auch seine früher vorgebrachte Frage, ob ich nicht Annecy gegen diesen Aufenthaltsort vertauschen wolle, denn wenn nichts mich dort zurückhalte … Hier, dieses gesunde Leben, und *die* Umgebung! Und jetzt noch, vor der Saison, würde mir vielleicht Madame Martinod auch einen günstigeren Preis machen, es wäre drum zu tun, sie zu fragen. – Ich schwankte wirklich, ob ich, ohne Enthusiasmus, aber weil doch mein Aufenthalt in Annecy keine Vorteile hatte und ich dauernd über eine Reiserichtung studierte, in großen Schwierigkeiten der Geldumstände wegen, ob ich nicht ohne Enthusiasmus vorläufig hierhin ziehen solle, um Entscheidung und Geld für eine Reiserichtung abzuwarten. Und also fragten wir Madame Martinod (die eher schon avertiert schien), die sehr bereitwillig, aber scheinbar uninteressiert, Auskunft gab, die Stimme langsam, würdevoll, gründlich: Ja, ach so, Pension nehmen, jaa, das wäre dann, auch dreißig eben, wie Monsieur Mergault dreißig Francs im Tag. (Ich füge noch hinzu, dass dieser Preis zwar nicht hoch, aber keineswegs besonders niedrig war.) Sie erkundigte sich auch sehr, wann ich denn käme, aber das konnte ich ihr noch nicht sagen; ich wisse vorerst überhaupt noch nichts Sicheres, ich hätte mich nur erkundigen wollen, sagte ich ihr. So war es auch. (Noch fehlte mir überhaupt das Geld, in Annecy einiges zu bezahlen und loszukommen und zudem studierte ich immer über meine Reiserichtungen.)

Übersiedelung

Erst Mitte Mai konnte ich mir angekündigter Geldverhältnisse wegen eine Übersiedlung nach Dingy erlauben (man musste dort nicht vorauszahlen) und da ich mir über die Reiserichtung immer noch nicht im klaren war, überdies nach Bezahlung der Schulden in Annecy kein Geld mehr für die mindeste Reise besaß, beschloss ich, meinen vorläufigen Aufenthalt in Dingy zu nehmen; vorläufig weil ich wusste, dass ich hier doch nicht, oder doch nicht für längere Zeit, arbeiten könne. Mein Einzug fand am 16. Mai statt.

Die Landschaft

Mergault befand sich an diesem Tag wieder in Annecy (er musste wöchentlich ein- oder zweimal hierhin fahren, um sich vom Lungenarzt behandeln zu lassen) und ich traf ihn in der Mitte des Vormittags. Er zeigte sich sehr dienstwillig, mir die Übersiedlung zu erleichtern, er gab mir die genaue Minute der Abfahrt des Autobusses an, bat siebenmal, doch diesen Moment nicht zu verfehlen (dann ging er, während ich meine Habe einpackte, einige Besorgungen machen). Mittags saßen wir beide im Autobus, der hinten, auf dem Gepäckträger, auch meine zwei Koffer mitführte. Das Gefühl der Befreiung war diesmal, da ich neben Mergault auf dem gepolsterten Platz saß, noch größer als das erste Mal: Das Wetter war heute sehr gut, der See blau, die Landschaft wunderbar, warme Luftwellen schlugen uns entgegen, der Asphalt der Stadt, die unbeschreiblich rein schien, glitzerte. Der Autobus stieg in weiten Schlangenlinien wiederum die Bodenwellen hinan und eine kraftvolle und zugleich strahlende Blumenpracht deckte überall die Wiesen. – Als wir, ganz in mittäglicher Stunde – es mag etwa 13 Uhr gewesen sein – inmitten des Défilé von Dingy den Autobus verließen, war es fast heiß. Wir überschritten (das Gepäck war im »Bahnhofgebäude« der Hut einer Frau überlassen worden), uns beeilend, da das Mittagessen noch auf uns wartete, die steinerne Brücke und folgten der kleinen, schon staubigen Straße, die, erst eng eingeschlossen von felsigem Hang und schäumendem Bach (Flüsschen), dann nur noch von einem Rain in nächster Nähe überschattet (denn der Berghang war weiter zurückgetreten), in die Landschaft von Dingy hineinführte. Trotz der Eile schaute ich heute die Gegend, da ich doch hier wohnen würde, genauer, d.h. mit andern Augen an. Die Landschaft von Dingy ist schwer in ihrer Struktur zu beschreiben, beinahe könnte man sagen, dass es ein ungeheuer weiter Kessel sei. Aber die Form des Kessels, genau genommen, stimmt doch nicht ganz, da es zwei Täler sind, die hier zusammentreten, und da zudem das Haupttal sich noch weithin, weiter, als man sehen kann, fortsetzt. Eine durchaus wellige Ebene dehnt sich, in weiten Schwüngen den Bergen zu ansteigend, aus ungezählten Wiesen, höher oben mehr aus Wald gebildet.

Dann aber begann, nachdem dieses Hügelland vom Flüsschen an gerechnet durchschnittlich mehrere hundert Meter angestiegen war, der strengere Hang: steil und ununterbrochen stieg er, durch Runsen, die indessen zu den meisten Zeiten kein Wasser führten, wie gewisse Divankissen eingeteilt, im Durchschnitt mindestens fünfhundert Meter hoch an: und dann begannen erst, wie Zähne dem Zahnfleisch entsteigen, die felsigen Gipfelbauten der Berge. Diese Hänge mit dem harten, wehmütigen Gebirgscharakter in ihrer Weitgedehntheit, ihrem strengen, spärlichen, aber überall, wo nicht Runsen sie störten, strebsamen Pflanzenwuchs (dunkle Wälder und herbgrüne Wiesen) fanden sich aber nur als Flanken der *höheren* Berge; jenseits vom Flüsschen, auf dieser Talhöhe, erhoben sich waldige Hügel, steil wohl auch, aber nicht felsig, viel weniger hoch und eben doch eher noch Hügel, nicht Berge zu nennen. Um zu den höheren Bergen zurückzukehren: Sie bauten sich also auf erstens durch ein welliges Talgelände, das vom Flüsschen an durchschnittlich 300 Meter ansteigen mochte; dann durch den Steilhang von 600 Metern; und ihre Gipfel, graue Felstürme, senkrecht in der Regel, oft viele dicht zusammengedrängte Türme, die eine ununterbrochene Waldflucht bildeten, besaßen eine Wandhöhe von durchschnittlich 300 Metern, was uns, da die Talbrücke von Dingy etwa 600 Meter hoch liegt, auf eine durchschnittliche Höhe der Gipfel von 1800 Metern schließen lässt. So ist es auch, wir befinden uns in den Voralpen. – Während in den Hochalpen diese Form vorherrscht: Tief eingeschnittene Täler mit mehr oder weniger flacher Sohle, so finden wir in den Voralpen zwar auch noch nennenswerte Höhendifferenzen zwischen Talflüsschen und Gipfel (hier 1800 Meter, anderswo mehr) jedoch besteht vor allem dieser Unterschied: Die Talsohle ist gelegentlich Kilometer breit und alles andere als flach, ein reines Hügelland. Das muss man sich auch hauptsächlich vor Augen halten, um die Landschaft, von der hier die Rede ist, sich vorzustellen. Ein weitgedehntes, sehr hügeliges Wiesenland, unterbrochen von einzelnen Wäldern, da und dort von einem kleinen Dörfchen oder nur ein paar Häusern belebt, die oft hinter Bäumen verschwinden, so ein gewaltig fruchtbares hügeliges fettes Land liegt vor den Augen des Besuchers, an seiner tiefsten Stelle von den Windungen des Flüsschens durchzogen, das hier ein sehr flaches Steinbett hat und da und dort von jenen urwaldartigen Gehölzen, die in der Überschwemmungszone solcher Flüsse wachsen, begleitet wird ... – Es ist schwer, eine Landschaft detailliert zu beschreiben, ohne dass sie aus den Augen mit ihren *wesentlichen* Eigenschaften entflieht. Der Raum fehlt auch, sie so detailliert wiederzugeben, dass sie scheinbar selber gesehen vor den Zuhörer träte; und deshalb muss ich, ohne weitere Beschreibung der Struktur – Beschreibung, die sich doch ins Endlose verliefe –, den wesentlichen Charakter hervorheben: Ein ungeheuer grünes, abwechslungsreiches, fruchtbares Tal, gut, ja, interessant eingerahmt von waldigen halb hohen Bergen und steil ansteigenden, oben in Felskronen endenden (ja, einer auch in einer Nadel, so ein Zug von Türmen, wie sie hier üblich sind, aber von der Schmalseite gesehn) höheren Bergen. Aber das Grüne dominiert und jetzt besonders, im Mai – alles würde grün werden, wenn man es in Rotation versetzte; da und dort liegt ein brauner Acker und wird verschlungen; die Felsen oben, grau und klar, bekommen kein Mitrederecht, sie sind ein milder Nebenton und sorgen dafür – in ihrer gelassenen Distanz kühl und steil gegen Himmel stechend – dass das allgewaltig dominierende Grün nicht erstickend wirkt.

Ankunft

– Wir schritten also rüstig in der schon heißen Mittagsstunde, dem schmalen Band der Landstraße folgend, in diese schwere, blühende Pracht der Landschaft hinein, in den Kessel, der sich immer mehr um uns weitete. – In der Küche dann, wo wir wenige Minuten später um den runden Tisch beim Mittagessen saßen, war es dunkler und kühl. Man aß unter heiterer Stimmung und langsam. Die Mère Martinod, die starke Marie und irgendein Arbeiter, ein Bauer der Umgebung, der der männerlosen Wirtin bei gewissen Arbeiten half, saßen dabei. Die Weinflasche kreiste und wurde von Marie, auf eine Aufforderung der Mère Martinod hin, im Keller, dessen Eingang hinter Mergaults und meinem Rücken lag, wieder nachgefüllt. Das Essen dauerte lange und war sehr nahrhaft; ich bedauerte nur, dass es aus lauter trockenen (verstopfenden) Speisen bestand (z. B. gab es als *Hors d'œuvre* trockene Wurst, als *Entrée* dicken Salat aus Kartoffeln, Ei und dergleichen, oder gekochtes Rindfleisch, sodann irgendeinen Braten, dann wieder irgendein verstopfendes Gemüse, wie Kartoffeln, Teigwaren oder dergleichen, endlich als Dessert Käse (*la tomme*) eventuell noch trockene Kuchen). Keine Früchte, farbige Salate, grünes Gemüse! Auch kein blutendes Fleisch, nur feste, dicke, tausendfach durchkochte Braten oder gekochtes Rindfleisch, ungeheuer substanzielle Dinge, schwere Gemüse, die mit Käse oder Eiern noch dichter gemacht waren: echt savoyardische Ernährung, mit der ich schon in Annecy und schon vor Jahren unangenehme Bekanntschaft gemacht hatte. Ich verstehe nicht, wie diese Leute, die Savoyarden, diese Speisen verdauen, d. h., den Stuhlgang lockern können. Der schwerste, massigste Menschentyp Frankreichs (härteres Gewebe als die Provençalen) ist hier in Hochsavoyen zu finden (die Bewohner der Savoie sind leichter, viel kleiner und vor allem geistig höherstehend, beweglicher; im Dauphiné dagegen traf ich einen ganz idiotischen Menschenschlag an). Und nirgends habe ich so viel essen sehn wie in Annecy unter Einheimischen. – Dieser Mangel der höchst nahrhaften Ernährung fiel mir am ersten Tage auf und in der Folge hatte ich dann meine Schwierigkeiten damit.

Nachmittags erschien dann ein Bauernbursche – Robert nannte man ihn –, der mein Gepäck am »Bahnhof« abholen sollte. Er war noch sehr jung (17 oder 18), hatte ein rotes Gesicht und schon ganz richtig verknöcherte Gesichtsausdrücke, nahm auch sehr große Schritte, war von Gestalt eher klein, nicht breit, wenn auch derb, und machte nun sehr viel, d. h. kein Wesen daraus, auf rabiate Weise mit seinem Karren, den er ans Fahrrad gehängt hatte, davonzusausen. Auf meine Frage, ob denn ein solches Fahren mit dem ganzen Gepäck möglich, nicht gefährlich sei, rief er (der vorher keine Gelegenheit, mich direkt anzusprechen, gefunden hatte, denn er war scheu, die Schultern eingezogen wie ein Alter, derb, sagte ich, war er, aber er war keineswegs stumpf, nur etwas verkrümmt, seine Augen blickten keineswegs immer angenehm). Ha! rief er, knirschend vor Kraft und geringschätziger Überlegenheit, er würde es noch ganz andern Lasten zeigen!

Ferner war ich an diesem Nachmittag genötigt, nach dem Dörfchen hinaufzusteigen, da mir der Tabak ausging und die einzige Ablage sich dort befand. Ich habe noch nicht gesagt, dass unsere Pension sich nicht in Dingy St. Clair selber befand, sondern ziemlich weit außerhalb, in gleicher Distanz etwa vom Dörfchen wie vom sogenannten Bahnhof. Die Pension liegt am Flüsschen, einen Steinwurf nur von ihm entfernt; Dingy höher oben, weiter einwärts im Seitental, das hier abzweigt und das auch ein Kessel genannt werden könnte, indem es etwa sieben Kilometer weit in Luftlinie in einem Halbkreis steiler Hänge endet. Vom Haus aus ist vom Dörfchen nichts zu erblicken, der schon erwähnte Hügelrücken schwingt sich zu steil auf; die Straße umgeht ihn in scharfem Bogen; in rund zehn Minuten führt sie in das höherliegende Dörfchen. Ich stieg es hinan – aus einer einzigen Hauptgasse besteht es, an der fast alle Gebäude liegen – durch hunderte solcher Bergdörfer bin ich schon geschritten und sie gleichen einander so sehr, dass man die meisten vertauschen könnte, ohne die Physiognomie der Landschaft zu ändern. Überall diese einfachst gebauten, alten, in Abständen stehenden Häuser, die vielen kleinen Dinge, Mäuerchen, Misthaufen, Holzschuppen, Vordächer, kleinen Landstücke, Wege, die abseits in die Felder oder zu einer Scheune, oder auch nur ums Haus herum führen. Ein Dorf wie Loutraz, – nein, gewisse Unterschiede gibt es ja doch; Loutraz, in höheren Bergen liegend, ist härter gebaut, zusammengezogener, grauer, strenger und ärmer; hier, in den fetteren Voralpen, ist das Dörfchen eben etwas ruhiger, behaglicher, ausgedehnter, die Häuser sind etwas größer, die Gasse ist etwas breiter und nicht nur die nötigsten, bis zur letzten Ecke ausgenützten Räume stehen da – kein Gebirge steht eben in unerbittlicher Nähe draußen, Menschenbehausungen zusammendrängend, sondern fruchtbare Felder, Hügel, Landschaften dehnen sich weit. – Im Tabakladen, den ich fast zuoberst im Dörfchen traf (er führte im übrigen auch noch Zuckerwaren für die Kinder und war mit dem Café verbunden) kam mir nach langer Zeit eine unangenehm wirkende Alte entgegen, länger und dünner als ein Besen, halb taub scheinend und, glaube ich, hinkend. Sie war so umständlich, indem sie mich mit dem von jedermann gerauchten Tabak servierte, und benahm sich so misstrauisch und verständnislos, als ob ich nach einer ganz unheimlich fremden Sache gefragt hätte, und vor allem bekam man ein unangenehmes Gefühl, sie gestört zu haben für diese Leistung. Es gab aber keinen andern Tabakladen in der Gegend. Die Frau zeigte sich übrigens in der Folge viel weniger schrecklich, es kam nur darauf an, einige Sätze mit ihr gewechselt zu haben, vor allem, dass sie wusste, wer man sei. Ich war manchmal mit Mergault in ihrem Café. Sie redete immer sehr wenig und seufzte und klagte viel. – Außer diesem Café gab es, da ich einmal vom Dörfchen spreche, noch zwei; das mittlere kannte ich aber kaum, es war auch ganz besonders klein, beinahe nur eine Stube, die *bisweilen* als Café diente. Das untere, das von einer jungen Frau gehalten wurde, deren Mann meist in den Bergen arbeitete, bei der Konstruktion irgendeiner Hütte als Zimmermann, war das von uns meist besuchte. Von selbst versteht sich für den, der solche Bergdörfer kennt, dass sich diese Häuser, die Café führten, kaum oder überhaupt nicht von gewöhnlichen Häusern unterschieden. – Fast vergaß ich, da ich doch von den Gasthäusern des Dörfchens rede, noch eines zu erwähnen, fällt es doch aus dem Dörfchen heraus, tritt nur im Sommer, für Fremde in Funktion, ist von den Einheimischen gar nicht besucht: Ein Fremdkörper der Gegend, ein hässliches, farbiges, neugebautes Ding von viereckigem Garten und künstlich gezüchteten Tannen umgeben. Dieses »das Hôtel« genannte sterile, kalte Ding (von dem ekelhaften Annecy-Fremdenregion-Geist beseelt), außerhalb des Dörfchens an einem wenig begangenen Sträßchen an »aussichtsreicher«

Stelle erbaut, fiel aus dem Dörfchen heraus, sagte ich, und hat weiter keine Bedeutung für unsern Aufenthalt.

Das Haus

An diesem ersten Nachmittag trat ich in keines der Lokale ein, sondern gewann mit dem glücklich gekauften Tabak die Pension Martinod wieder, wo Mergault irgendwo, mürrisch, faul, in trostlos niedergeschlagener Stimmung herumsaß (denn kein Mensch war angekommen, Wein zu offerieren, niemand belebte den Ort, niemand hörte seinen Reden zu). – Das angekommene Gepäck, zwei Koffer, musste nun in mein Zimmer gebracht werden; um dahin zu gelangen, erstieg man eine steile Holztreppe, welche außerhalb des großen grünen Holzgitters begann und auf den schon erwähnten Umgang leitete, der im ersten Stock den Kronen der Kastanienbäume entlang führte. Dieser Umgang war sehr schmal, zementiert, mit Eisengitter versehen. (Das Gebäude war eine Mischung an Altem und Neuem, wobei aber das Alte weitaus das Übergewicht besaß.) An diesem Umgang fanden sich in gleichen Abständen grüne, starke, schmale Türen, im obern Teil durchbrochen in der Art von Fensterläden, durch ganz schmale Spalten zwischen steil, aber doch nicht ganz senkrecht, und übereinandergreifend befestigte Brettchen Licht durchsickern lassend, welches nahe der Tür im Innern des Zimmers auf den Boden fiel: die Gastzimmer befanden sich nämlich hinter diesen Türen, jedenfalls einige, darunter Mergaults und nebenan das für mich bestimmte. Ich war nicht gerade entzückt von der Natur dieses Zimmers, das etwas zu sehr an eine Zelle erinnerte, – aber wie vieles an diesem Landaufenthalt, der sich mir doch vorerst als die günstigste Ausflucht darstellte, war mangelhaft, nicht zuletzt die Unreinlichkeit des Tischs, an dem wir saßen! – Dieses Zimmerchen war sehr klein, auffallend kahl, der Tisch, an dem ich arbeiten sollte, war auch klein und der Hauptmangel, der eines Fensters, – jeglichen, auch des kleinsten Fensters – ist schon mehr oder weniger genannt worden. Man hatte von diesen Zimmern aus eine fabelhafte Aussicht, über die Kastanienbäume hinweg oder zwischen ihnen durch in eine unerhörte grüne Welt hinein: Der Fluss wand sich unten vorbei, Wälder folgten, weit und waldig und machtvoll dehnten sich die Gefilde, drüben und etwas talaufwärts stand auf einer gewaltigen grünen Pyramide, vielmehr als deren Gipfel, die schon erwähnte kühne graue Felsnadel. Diese Aussicht bot sich vom Umgang, ja, vom Zimmer selber aus – wenn man die Tür offen ließ. Es kommt aber vor, dass man die Tür seines Zimmers schließen will; in diesem Falle entschwand nicht nur jegliche Aussicht, sondern es wurde halb dunkel in der engen Zelle. – Dies war der Hauptmangel dieser paar unter sich ganz gleichen Zimmerchen, die den ersten Stock dieses neuerbauten *Verbindungsflügels* des Hauses Martinod bildeten; der Flügel verband das eigentliche alte Haus mit der Stall-Scheune. Im Parterre beherbergte der Flügel einen langen Esssaal, zu dieser Zeit immer abgeschlossen, nur bei einer besonderen Gelegenheit, einem Banquet eines Fischervereins, trat er in Gebrauch. Der Esssaal nahm aber nicht die ganze Länge des Flügels ein; es blieb ein ungefähr quadratischer, zementierter Platz, halb ein Innenraum, halb ein

Platz *vor* dem Hause, denn er war wohl überdacht und hatte auf drei Seiten Wände, die vierte Seite dagegen, gegen die Straße zu, war offen und hier diente eben als Absperrung das schon erwähnte hohe grüne Holzgitter (das indessen doch nicht bis zur Decke reichte und dessen Tür in der Regel offenstand). – Der Flügel war schmal (er hatte die Breite eines Zimmerchens oder des Esssaals), die Scheune musste natürlich größer sein, das Haus noch größer; da nun das Gesamtgebäude als Rückseite, den ansteigenden Feldern zu, eine einzige Front besaß, musste notwendigerweise die Scheune gegen die Straße zu vorspringen, das Haus noch mehr: es entstand ein auf drei Seiten umgebener Platz und das eben war der Kiesplatz, von dem ich schon gesprochen habe, auf dem die Kastanienbäume standen. Auf diesem Kiesplatz kamen fast alle Leute an, man hörte ihren Schritt zuerst hier knirschen, hier stellten sie ihr Fahrrad, ihr Pferd, ihre Kuh oder ihren Wagen hin, und hier wurden in späterer Zeit, als es heißer geworden war, an den schönen Sonntagen, wenn viele Leute zum Essen gekommen waren, Tische aufgestellt (unter den Kastanien) und das Mittagessen serviert: auf diesem Kiesplatz also, auf den man von unsern Zimmern oder dem davor hinführenden Umgang aus hinunterblickte. – Die des Ortes Kundigen (und es waren, einzelne Tage des Hochsommers, die Fremde herbeiführten, ausgenommen, es waren doch fast alle des Ortes Kundige, die ins Haus kamen) durchschritten den Kiesplatz (man stelle sich indessen diesen nicht groß vor), drangen durch die Tür im hohen grünen Holzgitter auf den Vorhof ein und von da ohne weiteres in die Küche, den allgemeinsten zentralen und wichtigsten Raum des Hauses (so klein und dunkel er auch war), wo man am ehesten jemand traf, zu trinken bekam u. s. w.; allerdings, wenn mehrere kamen, oder wenn es Leute waren, die man nicht recht kannte, oder die einen sehr untergeordneten Rang hatten, dann trat einer der kleinen schon genannten Café-Räume (die von der Küche in einer Linie nach der Straße führten) in Funktion, oder dann servierte man sie im zementierten Vorhof, wo ebenfalls Tische standen (und außerdem noch ein hochwichtiges Möbelstück für gewisse Besucher: das automatische Klavier). – Somit habe ich ungefähr die Hauptaspekte des Hauses gegeben; das Hauptgebäude selber genauer zu beschreiben, hätte ja keinen Sinn und, soweit nötig, kann es später noch geschehn.

Kehren wir zu Mergault zurück! Ich sagte, dass ich ihn in der Mitte des Nachmittags in sehr niedergeschlagener Laune, sagen wir, in völlig erloschenem Zustand fand. Er hatte sich etwas in sein Zimmer zurückgezogen und kam im genannten Zustand hervor: wenn je ein Mensch ein wandelndes Bild der bis zur Ratlosigkeit, zum Kotzen gesteigerten Langeweile war, dann Mergault; ich hatte ihn im Montparnasse nie von dieser Seite gesehn. Nun aber, am Abend, belebte er sich rasch wieder; man trank, es war Gesellschaft da, man redete und Mergault war plötzlich wieder am Überschäumen. – Ich hatte bald gesehn, dass ich mich darauf beschränken müsse, zuzuhören, und besser verzichtete, wenigstens im Prinzip, selbst zu reden: Mergault fürchtete sich so sehr, dass man ihm etwas sage! – Er stopfte sich die Ohren zu, er wollte genießen, genießen, d. h. überschäumen, reden, reden! Wenn wir dann beide recht belebt waren (von Getränken nämlich) und ich mitbrüllte, zusammen mit ihm brüllte: das ging, das ließ er sich gefallen. –

Mergaults Gesprächsthemen

Ich habe bisher vom Inhalt der Reden Mergaults wenig erwähnt und das vorwiegend aus einem Grunde, der auch weiterhin wirken wird: Es gab in seinen Reden sehr wenig Substanzielles. Nun will ich aber doch in einige seiner Themen Einblick eröffnen: In Annecy, das erste oder eines der folgenden Male, dass ich ihn dort traf, hatte er einmal in der Art eines Begeisterten von einem Buche gesprochen – *seinem* Buche, nämlich dem Buche, das er jetzt schreiben werde. Der Titel dieses Buches war: »... fut Dieu«. Viel mehr als den Titel wusste er nicht zu sagen. D. h. er drückte im übrigen seine Begeisterung aus für das Unternehmen und das war geradezu alles; er sagte noch und nochmals den Titel, gab wieder seiner Begeisterung Ausdruck und wusste nichts sonst zu sagen. Auf meine Frage, aber ob er denn *wirklich* die Kraft aufbringe, sich einmal zum Arbeiten aufzuraffen, antwortete er, o, ja, ich kenne ihn nicht, er werde es schon schreiben; aber ich müsste genau den Ton dieser Antwort geben können: Es lag nämlich im Ton, will mir scheinen, unbedingt das Besserwissen, das Wissen nämlich, dass er es ja doch nicht tun werde; Mergault *war* kein Idiot, das ist sehr wichtig; man darf ihn nicht von dieser Seite auffassen; er wusste viel mehr als es manchmal schien, d. h., gab sich viel weniger Illusionen hin (und in diesem Punkte eben, dass er nämlich nicht idiotisch war, sticht er vorteilhaft ab vom Objekt der vorausgehenden

Chronik, wie schon dort erwähnt; von jenem Objekt, mit dem er doch, von sehr weit gesehen, mancherlei Berührungspunkte, ja, große Gleichheiten hat: aber außer dem genannten Unterschied, dass er nicht kretinistisch war, noch diesen ebenso wichtigen: Mergault besaß Temperament). Er sagte also diese Affirmation in einem Ton, der gemachte Munterkeit, sozusagen eine rhetorische Floskel, das gemietete Pathos eines Advokaten war: während er daneben, dahinter sehr ruhig blieb, in einem stillen Besserwissen; und er ging gerne über diese Frage, ob er's tun werde, hinweg. Somit wurde klar, dass er mit diesem angeblichen Plan, mit der Nennung dieses Titels »... FUT DIEU«, der mehrere Male in seinen Gesprächen wiederkehrte, etwas anderes ausdrücken wollte. Er wurde nicht nur begeistert und schäumend, sondern eigentlich ergriffen, wenn er davon redete; und mit dem, der Gott gewesen war, das muss ich noch hinzufügen, meinte er sich; er wollte eine Epoche seines Lebens in diesem gedachten Buche darstellen.

Ein anderes Thema hatte er schon in Annecy begonnen, in Dingy, in der allerersten Zeit, führte er es weiter: Sie machten, erklärte er spaßhaft, mit ganz Dingy *Krieg*. Dann aber ereiferte er sich und tat, als ob die Sache Ausmaße hätte: Ja, diese Leute alle, schreckliche Leute, suchten nur der Mère Martinod zu schaden, auf jede Weise, erzählten lauter hässliche Dinge über sie. Die Frau Martinod aber, wirklich eine seltene Frau, – eine einfache, ländliche, aber eine ganz hervorragende Frau! – man müsse sie kennen, er wisse ganz genau, wie viel Gutes sie getan hätte, o, wirklich ein seltener Mensch! Sie sei gar nicht fähig, überhaupt zu all diesen Leuten hinunterzusteigen, diesen wirklich gemeinen Leuten des Dorfs. O, es gäbe böse Zungen unter ihnen – übrigens könne doch niemand ihr wirklich schaden und sie hätte diese gemeinen Leute des Dorfs gar nicht nötig. – Das Lob der Frau, mit rätselhaften Andeutungen, hatte er schon am ersten Tag in Annecy gesungen. Als ich ihn aber fragte, worin denn das »viele Gute« bestehe, hatte er nie zu antworten vermocht, d. h. jedesmal in ebenso allgemeinen Andeutungen geantwortet. – Was den »Krieg gegen ganz Dingy« betraf, so habe ich nichts davon gesehen. Im Gegenteil war Mergault immer, mit jedem, der kam, gut Freund, wusste immer gerade von dem, was jenen Mann interessierte, zu reden.

Schon beim zweiten meiner Besuche in Dingy hatte ich gestaunt, mit welchem Geschick Mergault mit Leuten aus dem Volk umzugehen, sich ihnen gegenüber aufzuspielen wusste. Es waren damals zwei arme Kerle aus Annecy auf einem elenden kleinen Auto, das sie verkaufen wollten, herangesaust. Ich hatte sie schon in Annecy im kleinen Café Rosset gesehen, genauer, sie mich, und später sah ich sie dann öfters dort. Sie fuhren mit dem alten, wie verrostetes Blech wirkenden Ding von Auto überall in der Gegend herum, es zu verkaufen suchend. Sie waren nicht Bauernburschen, d. h. vielleicht durch Abstammung doch, aber etwas städtisch gemacht, irgendwie in der Stadt verkrachte Naturen, die immer einen etwas andern Weg als den der Arbeit suchten, um nach oben zu kommen, um sogar ziemlich viel Geld zu gewinnen, – und die fast innerlich zitternd vor scheuer Achtung für die hohen Dinge, die in Paris (das für sie vorläufig noch nicht erreichbar schien) in dem von ihnen erstrebten Fache geschahen, auf einen Mann hörten, der im dortigen Treiben bewandert, ein Kenner, ein Mann, der sich über die kleinen Dinge, die in dieser Gegend geschahen, geringschätzig hinwegsetzen konnte, war. Und so einen Mann fanden sie nun sonderbarerweise in Mergault. (Ob es ihm selber gelungen sei, Reichtum zu machen, fragten sie nicht. – Aber einer dieser Gesellen äußerte mir gegenüber nachher in Annecy, der Mann spreche sehr gut – was viel bedeutet von diesen Superlativen spärlicher Gesellen – was sei er eigentlich, von Beruf? – auch Dichter also? Jedenfalls der Mann spreche gut.) Er erzählte ihnen Geschichtlein über Geschichtlein über die Chancen der Maler in Paris, – wie die einen, die meistens zu gar nichts kommen könnten, sie vegetierten nur (man merkte den Zuhörenden an, dass sie sich als »Vegetieren« ungefähr ein Leben vorstellten, wie es hierzulande die gewöhnlichen Leute führten.) Andere wieder – seht z.B. van Gogh, dessen Bilder zu Lebzeiten für 5 Francs zu erhalten waren, heute zahlt man eine halbe Million (bei solchen Zahlen konnten die guten Leute ihre Spannung kaum bemeistern, und sie wollten doch keineswegs die Hingerissenen scheinen). Und andere Geschichten mit hohen Summen. Dann kam wieder Petroff an die Reihe, der so schlau war, an Kellner, an Gérants, – die dann später mit Gewinn wieder zu verkaufen gedachten – für 3, 4 und 5 Tausend ein Bild absetzen zu können, das er vielleicht in einer halben Stunde hingeknallt habe: dabei: keine Technik in dieser Malerei, nicht die mindeste Technik, nur Temperament, alles Temperament! – Auf einmal ließ sich die blecherne, hinsägende Stimme der Mère Martinod vernehmen, die bisher immer geschwiegen hatte (den Ton dieser Stimme höre ich noch heute, das langsame würdige Schnarren, dann den plötzlichen musikalischen Bogen nach oben): »Des peintures – faites à la main?« Die Assistenz war nicht weise und geschult genug, um in ein schallendes Lachen auszubrechen. Mergault sagte sogar mit einer Spur von Ärger: »Wie wollen Sie denn, Frau Martinod, dass man die Bilder male, wenn nicht von Hand??!« Darauf sagte sie nur noch, lang hingezogen, und auf zwei Tönen: »A-ah.« (womit sie immer tiefe Dinge, die sie nicht ganz verstand, abtat).

Ferner redete Mergault mir gegenüber, von Literatur, vor allem servierte er sogenannte literarische Erinnerungen; es handelte sich dabei um einen gewissen früheren Montmartre-Kreis, in den Mergault hineingehört hatte; leider sind mir die meisten genauen Angaben, Namen, nicht mehr gegenwärtig; ich glaube, der Kreis wurde von Apollinaire beherrscht, oder stand doch im Schatten seiner Nachwirkung. Francis Carco gehörte ihm an, und mehrere andere, die heute bekannt sind. (Ich ruhe mit all diesen Angaben nur auf den Aussagen Mergaults.) Ein sehr interessantes, geistig hochgespanntes, vielversprechendes Leben soll da geherrscht haben. Ganz andere Zeiten, als jetzt im Montparnasse, der schon ins Mondäne zerfallen ist! So wie im früheren Montparnasse, ja; der Montmartre ging voraus, hatte seine Glanzzeit früher, erlebte seinen Zerfall (ins Mondäne), als der Montparnasse aufkam. (Gleicherweise, wie man jetzt, da der Montparnasse schon zerfallen sei, d.h. eine Vergnügungsstätte geworden, nach der Porte d'Orléans hin auszuwandern beginne.) – Über die damalige Zeit – wann war sie? ich glaube, vor, spätestens während des Kriegs; es kann ja übrigens an anderer Stelle ohne

Mühe erfahren werden – erzählte er eine Anekdote, die besonders, da sie charakteristisch ist für Mergault, zurückgehalten zu werden verdient: Er, Mergault, interessierte sich damals, ganz jung, besonders für die englische Literatur; er spreche gut, jedenfalls verstehe gut Englisch, behauptete er (ich konnte es nicht nachprüfen, ich weiß nur, dass er gelegentlich auch Deutsch zu verstehen behauptete, in Wirklichkeit aber nicht einmal den Sinn der einfachsten Sätzchen erfasste). Als erster hätte er Shaw und andere, die jetzt berühmt geworden und damals den Franzosen gänzlich unbekannt gewesen, ins Französische übersetzt. Die Übersetzung Shaws sei dann bei einem Freunde, dem er sie geliehen, liegen geblieben, – er hätte sie einmal holen wollen, der Betreffende konnte sie nicht finden, versprach, dann gingen Ereignisse darüber (vielleicht der Krieg) und die Sache wurde vergessen von ihm, Mergault. Das Manuskript dagegen war nicht verloren, (er erzählte eine ganze Entwicklung, die mir nicht mehr gegenwärtig ist) und es sei endlich André Gide in die Hände gekommen, der es etwas bearbeitet, ergänzt und endlich unter seinem, André Gides Namen herausgegeben habe. – Ich schwieg zu dieser Geschichte; was konnte ich auch dazusetzen? – Und über gegenwärtige Literatur überhaupt! Da wurde heruntergemacht, überall heruntergemacht, wenn Mergault seine besonderen Momente hatte (z.B. an jenem Tag, da er zum ersten Mal von seinem Buch und dessen Größe geredet hatte). Die verschiedenartigsten Geister, Valéry wie Duhamel und Gide und Green, wurden in ganz plumper, einfältiger (und drum nicht ernst wirkender) Weise als lächerlich, nichtig, vor ihm nichts bedeutend bezeichnet; es lag aber viel morsche

Resignation, ohnmächtiger, müder Ingrimm, Mürrischheit, die über nichts mehr reden wollte, in diesen Ausfällen. – Soviel über Mergaults bisherige Reden.

Der erste Abend

Am Abend dieses ersten Tages, sagte ich, belebte sich Mergault nach seiner Depression plötzlich wieder, man trank, es war Gesellschaft da. – Ich ging dem Abend mit den besonderen Gefühlen eines Menschen entgegen, für den es nach 63 Tagen der erste Abend sein sollte, den er nicht allein, sondern in Gesellschaft verbrachte. – Man aß, wieder in der Küche, nur, dass diese Mahlzeit viel einfacher war, der Sitte der französischen Alpen entsprechend in der Hauptsache aus einer Suppe, die in großer Quantität in einem riesigen Topf gekocht wird, bestand. Man aß Brot dazu, dann folgte irgendein Fleischrest und Käse. Wein natürlich fand sich nicht weniger reichlich als mittags. Der Tisch, ungedeckt, aus braunem Holz, war nicht weniger schmutzig als mittags; ich weiß nicht, ob ich an diesem Abend schon begann, Nöte auszustehn, weil das Brot in eine Lache gelegt wurde (ein gemeinsames großes Brot in Kranzform, von dem jeder nach Belieben herunterschnitt), was besonders an jenen Abenden, da es während der Mahlzeit schon dunkelte, vorkam; wohl wurde der Tisch mit einem Lappen abgewischt; aber Marie nahm es dabei, selber sehr unempfindlich, nicht immer genau; etwas Wein, Suppe oder Wasser war verschüttet worden: und in der Dämmerung legte man den Brotlaib hinein. – Denn die Dämmerung kam in der Regel während wir aßen (woraus auf die

Essensstunde geschlossen werden kann); sie begann, glaube ich, normalerweise um sieben Uhr, aber das Essen zog sich lange hin – man wusste nicht genau, wann es aufhörte, da man sitzen blieb, irgendeiner bestellte ein weiteres Getränk, es waren vielleicht irgendwelche andere Leute da, ein Arbeiter, der im Hause half, oder ein halber Verwandter aus Annecy oder jemand aus dem Dörfchen; und all diese Leute, wie auch die Mère Martinod und Marie, blieben eher sitzen als nach dem Mittagessen, hatten nicht mehr viel zu tun. Und wenn sie dann doch aufstanden, war meist etwa ein Gast angekommen, den in der Regel Mergault mit Beschlag belegte, ihm von genau den Dingen redend, die ihn interessierten. Meistens soff man. – Ich bin etwas in die Darstellung der Abende im allgemeinen hineingeraten und will weiterfahren, von diesem ersten Abend zu reden: Ich hatte große Hoffnungen gehabt, sagte ich; Hoffnungen, trotzdem ich wusste, wer Mergault war, und wie leer jede Unterhaltung mit ihm sein musste; denn jedenfalls verbrachte ich den Abend nicht allein und mit jemand, mit dem man schließlich doch über anderes als nur das Wetter reden konnte. – Aber welche Begrenzung hatten doch auch die Freuden dieses Abends! Es wurde dunkel über dem Land – man musste die Lichter anzünden und diese Lichter bestanden in einer Petrollampe, in einer Kerze, die man bekam, wenn man nach oben ging. Weil man, um zu sparen (und weil die Landbevölkerung solchen Sensationen gegenüber unempfindlich ist) das Licht erst anzündete, als es fast dunkel war, wirkte das Eindunkeln der Landschaft gewaltig auch in unser Haus hinein. Der schmutzige Tisch wirkte dazu, die Verlassenheit in den Gesprächen, die hier geführt wurden, die Unsicherheit der Hoffnung, ob es überhaupt möglich sei (die vielen Schwierigkeiten des Ortes besiegend) zu arbeiten. Dazu kam, dass Mergault wieder eifrig von Petroff, an dem er nun einmal den Teufel gefressen zu haben schien, erzählte. Er verweilte daraufhin im Montparnasse, von der Schreckfigur des großen Exhibitionisten ging er über auf die Freundin Modiglianis (die sich nach dessen Tod aus dem Fenster gestürzt hatte), die früher die Freundin des (ob ich mich an ihn erinnere? fragte Mergault) »schwarzen Langen, mit Brille und *béton armé* und großen Thesen am Samstagabend« gewesen sei; und dann auf vielerlei Frauenfängereien, Hin- und Herschiebungen. Der Montparnasse stand auf vor uns und stand seltsam da, voll von unheimlichen und grellen Dingen, und andere durch Evokation weckend, inmitten dieses dunklen und tiefen Landes. – Mein erwarteter freudvoller Abend ging enttäuschend vorüber, rasch und doch längst innerlich ans Ende gelangt in einem kurzen und satten Biergeist – viel zu sehr in einem müden und lärmenden Trällern; Mergault war ziemlich besoffen, ich ziemlich nüchtern, aber schon war das Ende von allem da: Man gab die Lichter, mir eine Kerze, man sagte gute Nacht und fast sofort wurde es still. Wir waren die schmale Treppe hinaufgeklettert (die außen am Haus hinauf führte, ich sagte es schon), dem schmaleren Umgang gefolgt, bis zu unseren Zimmern, Mergault sagte auch gute Nacht, kurz darauf schloss er die Laden (resp. die Türe) und ich hörte ihn nicht mehr. Im Hause löschte man ein Licht, dort musste Madame Martinod schlafen. Ich konnte nun in meinem Zimmer auch mich einschließen, oder warten, oder arbeiten, man störte mich nicht – ich schaute diese verzweifelt enge Zelle nun an. Die Kerze lud nicht gerade an den Schreibtisch ein; ich besann mich, dass ich wenigstens zwei verschiedene verlangen müsste; morgen, denn heute war es zu allem zu spät, es war tiefste, ungeheuerste Nacht: Es war kurz nach elf Uhr.

Ich versuchte auch meine Tür zu schließen, aber öffnete sie sogleich wieder: Das Zimmer war zu eng. – Ich hatte nicht die Gewohnheit, so früh zu schlafen und trat ganz auf den Umgang hinaus. Das Tal weitete sich, hinter den massigen Kugeln der Kastanienbäume, wie ein ungeheurer Bauch und schien mir das Dunkelste, was ich je gesehen hatte. Viele Kilometer weit drüben (wo über einen kleinen Pass her eine Straße einmündete, die talaufwärts führte) strahlte auf einmal der Leuchtstreifen eines Autos auf, das langsam eine ebene unsichtbare Straße verfolgte. Man hörte nichts, nur die Lichtzone wanderte und veränderte sich, die riesige Schwarzheit der Landschaft noch stärker betonend. – Das Gefühl der Verlassenheit, ja, der erstickenden Beklemmung war bei mir von maximaler Stärke an diesem Abend. Es war eine Wirkung, die sich aus verschiedenen Komponenten zusammensetzte – die wesentlichen innern Gründe zu geben, passt absolut nicht in diese Chronik hinein – von den schon angeführten waren besonders stark wirksam die Unsicherheit der weiteren Aussichten dieses Aufenthalts, die Kerzenbeleuchtung und der Umstand, dass man die Laden schließen musste; der stärkste Eindruck aber, durchaus wesentlich für den Aufenthalt, war der der Natur: Das Tal war weit und ebenso ungeheuer still, wie es ungeheuer rauschte (teils vom Fluss her, teils von der unermesslichen Fruchtbarkeit) und seine massige Finsterkeit – aus Dunkelgrün und Grün und Grün am Tage – schien mir beinahe unbegreiflich –: Einer der größten Natureindrücke meines ganzen Lebens.

Zweiter Tag kündet Schlechtes an

Ich erwachte nach schlechtem Schlaf noch sehr früh und ärgerte mich nacheinander erst über die schon erwähnte trockene Ernährung der Pension – keine Früchte, nichts Grünes, Frisches, Leichtes –, dann über das Gurren der Tauben (deren viele schon am Tag über den Kies spaziert waren mit ihren ekelhaften Gebärden), welches an diesem frühen, traurigen Morgen der einzige widerliche Misston war. (Vergeblich suchte ich den Leuten meine Meinung, dass man diese widerlichsten aller Tiere töten müsste, klarzumachen.) – Der Tag gestaltete sich nicht schön und brachte nichts Neues. Das ohrenbetäubende Geschrei des besoffenen Mergault, der die ganze Natur in einer Flut von sinnlosem Geschwätz ertränkte, begann meine Nerven anzugreifen. Der Aufenthalt kündete sich nicht gut an. – Wie verbrachte man die Zeit? Ich suchte langsam etwas Arbeitsbedingungen einzuränken; das verstanden die Leute alle wenig. Man trank etwas in Dingy, kam zurück und trank etwas, ein paar Leute (Bauern der Gegend) kamen, wurden von Mergault sofort mit hundert Wörtern überfallen, die so gewählt waren, dass sie sehr gefielen, interessierten (Mergault wusste auffallend gut Bescheid in persönlichen Angelegenheiten der Angekommenen), man aß und trank, Mergault zog mich in den Kreis herein und ich ließ mich ziehen: Das Milieu kam nur dem Trinken entgegen. Ich trank an diesem Tag 4 bis 5 Liter Wein (weiß und rot) und war erst in letzter Stunde mäßig, d. h. kaum merklich belebt. Das bedeutete wohl körperliche Macht und diese diente dazu, bald eine stärkere Verbindung mit dem Ort, an dem ich mich befand, herzustellen.

Natur

Es würde sich um ein Thema handeln, überlegte ich am dritten Tag, als ich nähere, ungeschmücktere, trockenere und schärfere Fühlung mit der Gegend bekam, um ein Thema mit dem Geist dieses Tals, – ein Thema, das zu finden wäre – diesem Kuhgeist der Zofe (der Marie), etwas Kolossalem, nicht zu Zerbrechendem – blühender Baum vor der Blauheit der Gletscher, der Moränen und der Felsen (ich hatte solch eine Ansichtskarte, eine ganz gewöhnliche Karte, die aber zufällig dieses gewaltige Thema gefunden, in Annecy gesehn), welche das Tal an seinem Ende verlassen. – So gestaltete sich mein Einblick in das Land. Das Wetter war nicht gut. Vor mir lag jener Berg, der mit der Nadel gekrönt war (die schon erwähnte Kette von Türmen, die man hier von der Schmalseite sah; ich setze ihren Namen dazu: Dents de Lanfon), eine Kegelform, von einem weitern Komplex durch ein steiles Hochtal abgetrennt. Das Wetter war nicht ganz gut, sagte ich; aber ich bedauerte, dass ich nicht malen konnte, mehr noch, dass ich nicht Pastellkreiden, um doch zu versuchen, etwas aufs Papier zu bringen, da hatte. Das Gebirge war nicht überwältigend, wie es in der Regel in den Hochalpen ist, nicht ein Chaos, ein wüstes, auf den Nacken stürzendes, alles enthaltendes, von allem rufendes, nichts zeigendes, zerfaserndes Ungeheuer: *Man sah.* – Es handelte sich um den Felsberg mit dem weißen Qualm einer Wolke, den Felsberg, der den uferlosen, dunkelgrünen Regenhängen entsteigt, mit der Wolke, die in Liebe dort lagert, wo der dunkelgrüne Tannenhang mit dem Fels sich verbindet, so dass man jene Stelle nicht sieht. Und nun schaut nur noch hoch droben das Ende des Felsbergs hervor, eine zackige ungeheuer schwere nicht zu bewegende Krone, hinter der andere Wolken wandern.

Mergault besoffen, will abreisen

Am vierten Tag nach meiner Ankunft gelang es mir endlich, eine Arbeit fest anzupacken (ich habe in Dingy, aber nur während der ersten Zeit, den größten Teil der wesentlichen (5.) Fassung der N. E. geschrieben). Ich legte vier Seiten nieder und wurde dann durch Mergault gestört, der besoffen aus Dingy ankam. Er machte einen Höllenskandal, aber vor allem mir gegenüber: Der Madame Martinod sage er jetzt noch nichts, aber er habe einen festen Plan, die Frau sei erledigt! versicherte er mir. Denn das nächste Mal, wenn, in wenigen Tagen, sein Geld ankomme, sage er: Madame Martinod! geben Sie die Rechnung – weiter gar nichts – sie verstehe dann schon – und am selben Abend reise er ab. Ha! Haaa! kennen lernen solle man ihn noch, Georges Mergault, einen Mann, wie es nicht viele gegeben habe! Er hätte es satt hier, verstehe ich, satt, SATT! SATT!!! (er brüllte, als ob er mich für seinen Aufenthalt haftbar machen und richten wolle) – Manche Minuten lang schien er wieder ganz unsicher und redete, wie wenn er sich überzeugen, sich Mut zusprechen müsste: O, sicher, ganz sicher könne er abreisen; er werde nach Paris fahren, aber um ein ganz anderes Leben zu führen, als früher – die Zeit sei vorbei – Oder er werde vielleicht nur nach Annecy ziehn – ich sage doch, das Klima sei hier besser, das sei vielleicht wahr – er werde in Annecy schon ein Auskommen finden: Ihm, Georges Mergault sei es gegeben, überall, wo er hinkomme, ein Milieu zu schaffen: Verstehe ich: ein Milieu schaffen, das sei seine Begabung. Sofort hätte er in Annecy ein Milieu geschaffen, das ihn trage – auch wenn er von seinen Eltern nicht mehr unterstützt würde, er wüsste sich leicht zu helfen: Hätte er einmal sein Milieu, würde er mit Zeitungen anknüpfen, auch Korrespondenzen nach Paris schicken –. – Denn diese infame Alte – ein schreckliches Weib, o, die hätte einen Charakter... jetzt erst durchschaue er sie ganz, jetzt verstehe er, was alle Leute über sie erzählten – ihre eigenen Kinder, höre ich, die Tochter, die ich gesehen hätte, sei nach Annecy gezogen, hätte nicht hier leben wollen, weil sie nicht hätte leben können! Infam und böse, diese Alte, eine blecherne Furie, aber er hätte sie satt, satt die Behandlung, die sie ihm angedeihen lasse. Möge sie sich mit seinen Eltern in Verbindung setzen, mögen die Eltern nicht mehr zahlen – aber die Eltern würden doch weiter zahlen – gut, selbst wenn sie nicht mehr zahlten, er gehe durch, er bleibe hier nicht länger, die Sache sei entschieden, absolut, verstehe ich, absolut entschieden! Morgen, übermorgen vielleicht schon, reise er ab! Und wenn nicht übermorgen, so in einer Woche spätestens! – Sie hätte ihm heute 15 Francs, armselige 15 Francs verweigert, um die er sie gebeten habe, um nach Dingy zu gehn – dabei wisse sie doch, dass sie's, wie andere Male auch, zurückbekomme; aber sie erfreche sich schon, sie nehme sich schon ganz unerhörte Dinge heraus ihm gegenüber; nun hätte er genug. – Um die Rede naturgetreu französisch wiederzugeben, müsste ich halb so viel »merde«, »con«, »je chie sur ...« einfügen, wie die Zahl aller übrigen Wörter beträgt. Dennoch konnte man Mergaults Schimpfreden nicht ganz tot nennen; es gab eine belebende Energie, manchen Funken in ihnen; Erfindung, inneres Feuer belebten, nur in Stimme und Haltung ausgedrückt, oft die monotonsten Passagen. Seine Schimpfreden hatten oftmals Schwung, vulkanischen Ausbruch, Pracht im Gegensatz zu dem »Helden« der vorausgehenden Chronik IEA.

Heute gab es manchen toten Moment in seiner Rede; dann nämlich, wenn er Angst bekam und seine Ratlosigkeit hochstieg; er war wirklich aufgeregt, aufgeregter und erzürnter, als ich ihn schon sah. – Beim Abendessen, wo er sich mit Madame Martinod zusammen an einem Tisch einfand, sagte er kein Wort. Respektive er gab deutliche Zeichen seines Zornes durch seine Bewegungen. Madame Martinod benahm sich mit der lächelnden Sicherheit eines Schulmeisters, der ein Kind durchgehauen hat und nun gnadenvoll seinem berechtigten Schmollen zusieht. Schließlich begann sie in einem entsprechenden Tone – wie einer, der der Stärkere ist und nach seinem Sieg großmütig zu reden beginnt –: Wenn Mergault etwa deshalb zürne, weil sie ihm nicht geholfen habe, dass er in Dingy sich einen ansaufen könne, so solle er nur weiterzürnen, sie könne gar nichts ändern. Was sie getan habe, sei nur zu seinem Heil getan worden. Dass sie etwa eifersüchtig sei, weil er dort und nicht bei ihr trinke, werde er wohl nicht denken. Sie sei gar nicht eifersüchtig, wenn er nach Dingy hinauf laufe. Sie hätte sich nur so benommen, wie es zu seinem Heile gereiche. – Mergault erwiderte in scharfem Ton etwas, das nicht scharf war, nämlich viel zu rätselhaft und zu leise (man konnte es ebenso gut als gefährliche Drohung wie als Zeichen der Ratlosigkeit auslegen; hier wohl eher als das Letztere, weil man hierzulande leises Sprechen in der Regel nicht versteht und nicht achtet.)

Der Übersetzungsversuch

Dann war aber die Auseinandersetzung zu Ende. Mergault spielte weiter den Erzürnten, Madame Martinod verhielt sich lächelnd ruhig. Mergault hielt sich an mich: Er wolle heute – heute und jetzt sei der Augenblick – er wolle das Stück, das Zeug, meine Arbeit übersetzen, von der wir gesprochen hatten: sei zu trinken da? Also hinauf, hinauf ins Zimmer, wir würden übersetzen. – Er schien nun allerdings nicht im arbeitsamsten Zustand zu sein, immer noch mehr oder weniger (es wechselte stark von Viertelstunde zu Viertelstunde) besoffen. – Er versicherte aber, jetzt gerade, in dem Zustand, sei er im richtigen Stadium, ich müsse nur mithelfen, zusammen würden wir übersetzen, ich solle schreiben, er diktiere – nur zu trinken müsse dabei stehn. – Ich hatte nun allerdings im Prinzip keine Hoffnung, mit Mergault je eine Übersetzung zu schaffen; da aber das Stück, das in Frage kam, äußerst kurz war (»das

Blatt«, einundeinhalb Seiten), da ich zudem mitwirkte (allein würde er ja nie etwas beendet haben!), da er sich in solchem Schwung befand und eindringlich seinen Willen kundgab, warum nicht einmal einen Versuch riskieren? Wir stiegen also hinauf, postierten uns, er mir gegenüber (was sehr schlecht war aus hygienischen Gründen) an meinem kleinen Tisch, nachdem Lampe und Weinflasche mit Gläsern auf die bestmögliche Art postiert worden waren, und das Übersetzen begann. – Ein Übersetzen! Es spielte sich ab unter einem derart fürchterlichen Geschrei, dass ein draußen Vorbeigehender bald denken konnte, dass man ein Schwein schlachte, bald, dass eine Schlägerei zwischen Todfeinden im Anzug sei. – Ich war genötigt, ebenfalls zu brüllen, auf den Tisch zu schlagen, aufzustehn und zu drohen etc. Wenn ich zusammenpacken wollte, wollte Mergault wieder beginnen. Wenn ich ihm darlegte, dass dieser Satz vollständig falsch übersetzt sei, mit dem deutschen Satz schlechthin nichts zu tun hätte, schrie er wie ein Mörder, ich *con, merde,* etc. hätte von Französisch keine Ahnung und dürfe mich gar nicht dreinmischen, ich wisse überhaupt nicht, wem ich gegenübersitze, was für eine Ehre mir widerfahre, usw. Mag sein, erwiderte ich, dass ich nicht gut Französisch spreche, er aber verstehe überhaupt kein Deutsch und ich wolle ihm nur bedeuten, dass er etwas ganz anderes, aber nicht das, was ich geschrieben habe, übersetze. Die Wörter, die er mir anwarf, blieb ich ihm nicht schuldig, und ich sagte ihm, der Dreck, der Scheißteufel, der er sei und der mir die Augen verdunkle, möge zur Türe hinaus, ich hätte genug des grauenhaften Anblicks, er hätte eine verfaulte Kamelsleber im Kopf, usw., und ich machte Anstalten, meine Papiere zusammenzupacken. Dann rief er wieder, nein, wir übersetzten weiter, ich solle ihm doch sein Glas füllen, vorwärts, also, hier – und er nahm sich auf einmal wieder zusammen, war einen Moment lang ganz klar. Dann brüllte er wieder los – er hatte die Klarheit, nach einem Wort zu fragen, das er überhaupt nicht verstand, und wenn ich es ihm französisch umschrieb, vergaß er seine Frage und wurde von Wut gepackt: Ich hätte gar keine Ahnung, wer er sei, wem ich gegenübersitze, ich solle ihn noch kennen lernen, Georges Mergault! Wir alle überhaupt, der ganze Montparnasse und alle hätten gar keine Ahnung! Überhaupt *Jahrhunderte* brauche es, um ihn zu verstehen! – Ich sagte, gut, mag sein, aber er solle nicht so viel speien, es sei mir unmöglich, hier zu sitzen und ob er mir jetzt seine Größe erklären wolle, oder diese anderthalb Seiten übersetzen? Dann keuchte er wieder, wurde rot im Gesicht, röchelte und verlangte zu trinken. – Die mörderische Sitzung dauerte ein bis zwei Stunden lang. Die Übersetzung wurde immer wieder neu aufgenommen und sonderbarerweise zeigte sich Mergault mehrere Male, trotz meinem ernstlichen Willen, abzubrechen, fest entschlossen, weiterzufahren. Nein, beendigen wir's noch, sagte er, er hätte jetzt gerade seinen Moment, ich werde noch sehen, wer er sei. – Ganz fertig wurden die anderthalb Seiten doch nicht. Den ersten Satz, der lautet: »Ein Mann, in seiner Verlassenheit, kam stadtauswärts gegangen...«, – übersetzte er so: »Un homme – désœuvrement – s'échappe de la ville.« Er war zu nichts anderem zu bewegen, schrie, ich verstehe nicht Französisch etc. Indessen übersetzte er andere Stellen in einer Weise, die mir einleuchtete (»... Et il le savait: le vent l'avait emporté ou le pas d'un homme. Alors s'effondra sur lui la grande tristesse. Puis chanta encore une joie lontaine: il n'était pas fautif, si le malheur vint.«) und sodann wollte er die Übersetzung morgen überarbeiten und darauf baute ich. – Die letzten zwei Zeilen gelangen doch nicht mehr. Er stöhnte, alle Kräfte, alle Möglichkeiten waren ihm entschwunden. Er musste hinausgehn, war gleichsam wie ausgelöscht, ein erledigter Mann. Jede Trunkenheit war weg, kein Glanz der Trunkenheit konnte mehr seine entsetzliche Übelkeit, seine Krankheit, seine Öde überhüllen. Er verschwand in sein Zimmer, schloss hinter sich ab. – Es war ganz plötzlich Schluss geworden, das Geschrei verstummt. Ich stand auf dem Umgang, etwas Lichtschein meiner Kerze fiel auf die Krone eines Kastanienbaums und aus der Nacht her, der weiten Sattheit, drang der Geruch der Felder, deren Fruchtbarkeit sich immer noch in fast unfasslicher Weise steigerte. Es war 23 Uhr, wieder herrschte die Stille des ersten Abends; in nächster Nähe nur hörte ich hinter den geschlossenen Laden Mergault stöhnen und kotzen.

Erste Metaphysik Mergaults

Diese körperlichen Anfälle, die ihn überkamen, rührten keineswegs direkt vom Trinken her, wenn sie auch meistens vom Trinken hervorgelockt wurden; aber sie waren von ganz anderer Art als die gewöhnliche Reaktion auf Betrunkenheit; Mergault hatte zu seiner guten Zeit ungeheure Mengen Getränke ausgehalten; heute erlitt er manchmal einen heftigen Anfall, wenn er nachmittags nur zwei Gläser Wein getrunken hatte, er zog sich dann in einen Abort oder hinaus ins Freie zurück und man hörte ihn stöhnen, während er sich immer von neuem übergab. – Er verbarg so viel wie möglich den Anblick solcher Zustände; und zwar *immer*, durchwegs, ich habe ihn nie damit Mitleiden erwecken oder prunken sehn. Und dieses Verbergen geschah keineswegs etwa aus ästhetischen Gründen – wie es etwa bei Herrn Z. (siehe Chronik IEA) hat geschehen können – sondern aus einem wirklichen Wissen: Hier ist der Ort, auf das hinzuweisen, was mir an Mergault das Wertvollste schien: Er wusste, dass man den andern etwas geben müsse, nicht erwarten dürfe, von ihnen ausgehalten zu werden, Unbezahltes zu empfangen. Er war nicht gegen das Gesetz vom Wechsel der Güter in unsern Beziehungen. Folglich gab er sich kein Recht, mit seinen Schmerzen hervorzutreten, beispielsweise eine jetzige Weltordnung anzuklagen als Schuld an seinen Zuständen. »Nous sommes des hommes impossibles«, sagte er manchmal mit einem Aufseufzen und einem Auflachen zu mir, wenn wieder irgendein aufsehenerregendes Ding, nächtliches Geschrei oder dergleichen, geschehen war. Dann brach wieder die andere Linie durch, die des Auflachens und er sagte in anderem Ton: »Seulement les hommes impossibles sont possibles.« – Er verbarg seine Leidenszustände nicht aus ästhetischen Gründen, denn niemand hat weniger Rücksichten auf Ästhetisches genommen als Mergault, das sei zu seiner Ehre gesagt. Er verbarg, weil ein weitere Zusammenhänge begreifendes Denken ihn dazu zwang. Er verbarg auch, und vor allem, vor sich selbst. Und was er nicht verbarg, das betrachtete er als wesenlos, würdig des Weggeworfenwerdens. Worauf er noch baute, das waren die positiven Momente an ihm, jene Kraft der Seele, die in den Stunden der Ekstase so erstaunlich hochflackern konnte. Zwei Qualitäten besaß Mergault: Das schon genannte Wissen um ein Gesetz, – ein Wissen, das in seinen Konsequenzen auch mehr oder weniger ein Wissen um seine eigene Person bedeutete – und zweitens, Temperament. – Von solchen Fehlern werde ich später noch sprechen, wenn es überhaupt noch nötig sein wird; im Momente sei nur deren ärgster, d. h. die Spitzenauswirkung vieler Fehler genannt: Eine immer ausgesprochenere Prostitution, fußend auf einer beispiellosen Schwachheit des Charakters (im Gegensatz zur erwähnten »Stärke der Seele«, die ich vielleicht besser Fähigkeit zur Ekstase genannt hätte; auch »Temperament« verstand ich so), seltener Unfähigkeit zu jeder Disziplin, jeder Konzentration, jeder Arbeit.

Krankengeschichte

Am Tag nach dem Abend, an dem wir übersetzt hatten, fuhr ich nach Annecy, ließ Mergault seinem Wunsch gemäß den Entwurf der Übersetzung nebst meiner deutschen Fassung der kleinen Arbeit, damit er die Sache überarbeiten könne. Als ich zurückkam, lagen die Papiere alle da, in meinem Zimmer, aber außer einem groß mit Bleistift geschriebenen »merde« zu Anfang und einem solchen am Ende der Übersetzung und ein paar großen Strichen war nicht daran gearbeitet worden. Wohl aber lag ein von ihm vollgekratztes Blatt daneben, das im Prinzip lauter Beschimpfungen meiner Person enthielt, sie sollten satyrisch sein und redeten von ungeheurer Langweile. Die erste Seite wurde besetzt von einer Anzahl Zeichnungen, meist aus ein paar Strichen bestehend, nicht viel besser, als kleine Kinder zeichnen. Daneben stand, was dargestellt sei, z. B. »chevelure hohlesque«, »l'index gauche du sieur Hohl«. Auf der zweiten Seite standen zwei Gedichte ausgesprochen kretinistischer Natur. – Ich nahm die Sache nicht ernster, als sie verdiente, aber so ernst wirkte sie doch, dass ich von nun an jeden Gedanken an eine Übersetzung mit ihm vollständig aufgab. Es gab dann, als Nachspiel dieser »Überarbeitung« noch eine Art Streit, ein Ding lächerlicher Natur und ohne Ausgang, eine Art Handgemenge, nachdem ich ihm, der auf dem Kiesplatz saß, von oben herunter Wasser gegossen hatte; er kam wütend herauf, während ich platzte vor Lachen, wollte mich schlagen und mir auch Wasser angießen. Dann artete die Sache in ein Geschrei aus – Irgendwo musste ja hier Geschrei sein. – Mergault war übrigens zu jedem Ringkampf völlig unfähig, er war krank; wenn er im ersten Momente noch eine gewisse, ja, eine überraschende Kraft zeigen konnte, so erlahmte er doch alsogleich und vollständig. Ich habe in diesen Tagen einmal seine Brust gemessen: Einige über hundert, ich weiß nicht mehr, ob hundertzwei, -drei, -sechs Centimeter; das ist sehr viel bei seiner Größe, nun aber die Kehrseite: nur drei Centimeter Differenz! – Ich hätte überhaupt längst von seiner Krankheit, seinen Gesundheitsumständen mehr sagen sollen. Allerdings: wie Genaues wusste ich überhaupt? Die Sache wurde hie und da berührt, bald im Gespräch, bald durch Tatsachen, aber eine genaue Darstellung der Sache fehlte, man konnte nicht wissen, woran man war.

Sicher ist nur, dass Mergault jede Woche ein oder zwei Mal nach Annecy fuhr, zum Lungenspezialisten, sich Pneumothorax-Behandlung machen zu lassen. Er erzählte bisweilen davon: heute hätte es ganz besonders geschmerzt, der Arzt hätte die Stelle nicht finden können, er sei dicker geworden; so und so viele Male hätte er neu begonnen; er, Mergault, hätte gesagt, nun genug, es quäle ihn ja mehr als es nütze. Man werde nächstes Mal wieder sehn. »Nächstes Mal« war dann Mergault vielleicht besoffen, oder krank nach einer Besoffenheit des Vortags, konnte nicht hinfahren und entschuldigte sich telephonisch. Nach einiger Zeit disputierte er immer häufiger, ob er überhaupt nicht diese Behandlung nun aufgeben solle, ob es wohl noch nötig sei. Er hätte gefragt: noch ein, zwei Monate, sagte der Arzt, dann, wieder, noch zwei Monate – am Ende höre das nie auf, man verlängere immer, und einmal müsse er selber Schluss machen. Das Geld, das seine Eltern dem Arzt bezahlten für die Behandlung! Er fühle sich überhaupt gesund, er sei doch nicht mehr krank, es sei doch lächerlich! So disputierte er mit mir, d.h. eigentlich mit sich selbst und es war genau dieselbe Unsicherheit, die Unsicherheit eines Kinds, das seiner Gefangenschaft zu entrinnen sucht, daraus zu erkennen, wie aus seiner Haltung im Kampf gegen Madame Martinod (im Kampf des Vortags, der heute, da ich von Annecy zurückkam, schon ganz erloschen schien, wie gelöst, weiß ich nicht). So fuhr er also ein- oder zweimal, und manchmal gar nicht, pro Woche zur Behandlung nach Annecy. (Woher er jeweilen das Geld nahm, war mir dunkel, wie überhaupt das Nähere seiner Geldverhältnisse. Meistens hatte er keinen Heller, das war evident. Aber am

ehesten scheint mir, dass er jeweilen zu seinen Besuchen in Annecy eine bestimmte Summe, die dafür vorgesehen war, von Madame Martinod erhielt. Die Summe erlaubte ihm in der Regel auch noch, sich zu besaufen. Vielleicht hat er auch das Geld, das für den Arzt bestimmt war, vertrunken; eher aber wurde wohl der Arzt direkt von seinen Eltern aus bezahlt.) – Manchmal erzählte er von seinem Aufenthalt im Spital: Nicht nur die Leute im Montparnasse, als er zusammengebrochen war mit wiederholten Blutstürzen, sondern auch das kompetentere Personal des Spitals selbst soll ihn aufgegeben haben. Er sei vollständig verloren geglaubt worden! Und wirklich sei es auch am allerletzten mit ihm gewesen; solle ich doch die Leute fragen, wie er noch ausgesehen habe, als er in Dingy ankam! – Aber, damals im Spital, eine Zeit lang in der Nähe des Todes schwebend, hätte er sich plötzlich hochgearbeitet – bei seiner Natur, ha! seine Natur!! – Niemand hätte es begriffen, alle seien ganz erstaunt gewesen. – Im Montparnasse, beiläufig gesagt, glauben ja noch jetzt die meisten an seinen Tod. – Ich fragte, wie lange er im Spital gelegen habe und er antwortete, glaube ich, zwei oder drei Monate. In Dingy kam er ungefähr im Januar, jedenfalls mitten im Winter, an; er befand sich also, als auch ich hier zu wohnen begann, schon mehrere Monate hier. – Von seiner Ankunft erzählte er ebenfalls: An einem Wintertag erschien er, ohne abgeholt zu werden, im Tal; er hatte die Station nicht gewusst, Mensch, er war doch nie in dieser Gegend gewesen! (Eine Bekannte, aus dem Montparnasse, eine Madame Brücker oder Bruquère oder Drücker oder Druquère, hatte ihm die Pension verschafft, auch mit seinen Eltern darüber vermittelt.) Er war damals so abgezehrt, als er, ein Paket in der Hand, von der Haltestelle herkam, dass er die Pension nicht zu erreichen meinte: So schwach war er. Und mager! Ha, wer ihn jetzt sehe, nach wenigen Monaten... Er dachte zusammenzusinken auf dem etwa einen Kilometer langen Weg, er musste ganz erschöpft in das kleine Café da vorn, bei den ersten Häusern (das schon erwähnte kleine Café, an dem man, etwa eine Minute bevor man die Pension Martinod erreicht, vorbeikommt) eintreten, – ich solle mal die Leute dort fragen, in was für einem Zustand sie ihn an jenem Tag hatten eintreten sehn! Die waren nicht wenig erschrocken. – Dann aber blühte er auf, bei dieser Ernährung hier, er nahm an Gewicht zu, ha, was glaube ich, was er jetzt an Gewicht besitze? Etwa dreiundsiebzig Kilo nackt, bei seiner Höhe, *hein*, nicht schlecht für ihn? Ha! so ein Leben, regelmäßiges Essen, sei er auch seit Jahren nicht mehr gewöhnt! ... sein Leben im Montparnasse! (er vielbedeutend) – Hu! bei seiner Natur! er haue noch alles in die Ecke! Junge werde er noch übertreffen! Ha! ein Unikum sei er noch, ja, ein Unikum, ein Phänomen, wie es nicht alle Jahrhunderte eines gibt! – Er endete in der Regel diese saftig, ohne Kompassion mit sich selber vorgetragenen Dinge mit einem Bruhaha auf seine Kraft und nicht selten bekam er in diesen Momenten den größten Durst.

Ein normaler Tag

Mergaults Abreiseprojekt und Kampf mit der Mère Martinod waren also ganz plötzlich und vollständig wieder erloschen. Ich will nun sagen, wie sich ein normaler Tag in Dingy abspielte: Durchschnittlich etwa um zehn Uhr erwachte Mergault, dann rief er »MarIE, MarIE, MarIE«, so gut wie möglich eine Henne, eher noch einen Hahn nachzuahmen suchend. Er gab diese Laute schon mechanisch von sich, jeden Tag gleich. Manchmal hörte ich ihn, meistens schlief ich, der ich meistens in der Nacht arbeitete, mich fast immer später niederlegte, um diese Zeit noch; ich stand erst knapp vor dem Mittagessen auf. Auf die Töne hin erschien Marie, bald rascher, bald erst nach vielen Wiederholungen, und brachte den Kaffee, manchmal ein Ei, aber keine Milch, denn seit Mergault gehört hatte, dass die Milch von einer Ziege stamme, wollte er sie nicht mehr anrühren. – Die Töne gab Mergault immer von sich, wie er sich auch befand; nur in sehr seltenen Fällen, da er auch zu dieser Stunde völlig krank war, unterließ er den Ruf. War er aber nur ein wenig krank, gab er wohl den Ruf ab wie immer, jedoch verhielt er sich anders, wenn Marie erschien (mit plumpen Elephantenschritten die Treppe herauf, dann dem Umgang folgend). Normalerweise schäkerte er mit ihr, d.h. sie, mit riesigem, plump und langsam aufsteigendem Lachen, fasste es so auf, er machte in Wirklichkeit höchst satyrische Bemerkungen; sein erstes Tagesdasein begann in einem Pfeffern, Zuckern oder Salzen, wie man will, das in Späßen oder Verspottungen, die er sich mit Marie erlaubte, bestand. – Er liebte es nicht, rasch aufzustehen, er schlafe nicht so viel, erklärte er mir, aber es gefalle ihm, im Bett die Zeit zu verbringen (»flâner dans le lit«). Indessen mag er durchschnittlich um elf Uhr doch auf den Beinen gewesen sein, wie auch es ihm am Vorabend ging. Er spazierte ein wenig vor dem Haus hin und her, suchte sich eine Aussicht, einen Naturanblick (ohne sich je wesentlich zu entfernen); er glich zu dieser Stunde sehr einem Apotheker, der sich am Sonntagmorgen, frisch angezogen, vor dem Hause zeigt, – oder irgendeinem jener armseligen Kurhausinsassen, die ewig ihre Zeit vertrödeln, im Anblick irgendeines Naturereignisses, das nie kommt, und vor allem im Anblick der nächsten Mahlzeit: jenen Leuten, die auf bekiesten Wegen wandeln, das Auge hochgerichtet, nicht selten einen Feldstecher in der Hand; nach oben und in die Ferne schauend, nur unten und in der Nähe die Dinge sehend, und sich selten über hundert Meter vom Kurhaus entfernend. Sie kommen immer wieder in die Nähe, sind immer wieder da, irgendwo durch ein Fenster schauend, durch ein vergittertes Fenster in eine Küche z. B., wo die Mägde scheuern; sie sehen alles, wann der Junge von der Bäckerei kommt, der Fleischlieferant, und sie reklamieren sehr, wenn etwas nicht stimmt; und sie wissen absolut nichts von sich zu geben, als Geschwätz. Solchen Leuten glich er in der Stunde vor dem Mittagessen, aus einer gewissen Distanz nie unreinlich aussehend, wenn er nüchtern war; er besaß überhaupt einige Disziplin darin, seine Kleider zu bürsten; er hätte viel ärger aussehen können, nur besoffen war er eine entsetzliche Sau, nüchtern wusste er allerlei Kleinigkeiten, die machten, dass er relativ gut aussah. – Er verließ kaum die Straße, die zu dieser Stunde in der Regel schneeweiß und gewaschen aussah, aber einige Schritte, vielleicht zehn, zwanzig Schritte weit, ging er doch in die Felder hinein (was dann wie ein Eroberungszug aussah). Und er belehrte mich: Da unten, in der Wiese, lägen seine Ameisen. Er pflege sie. Er bearbeite sie! Er hätte täglich mit ihnen zu tun. – Er trug die Sache mit Glanz und Bedeutung vor. Ich sagte: »Hä?« – Jawohl, er werde sie mir zeigen, ich solle nur mitkommen, sagte er, er werde nur noch seinen Spaten holen, er bearbeite sie (»je les travaille«) nämlich jetzt mit dem Spaten. Und die Sache sei sehr lohnend, hochinteressant! – Ich solle kommen, jeden Morgen – wenn das Wetter gut sei – zeige er ihnen, wer hier der Meister sei, er zeige es ihnen mit dem Spaten. – Ich nannte die Beschäftigung nicht sehr interessant. Aber er ereiferte sich mehr, erklärte, wie riesig der Haufen sei und sprach von der Bedeutung seiner Expedition teils im wissenschaftlichen, teils im landwirtschaftlichen Sinne. – Ich ging schließlich mit und fand einen Ameisenhaufen, der so klein war, dass man ihn kaum einen Haufen nennen konnte, nur einige wenige Tiere krabbelten da umher. Er aber wollte den Haufen nicht unbedeutend haben: er hätte ihn eben schon so sehr bearbeitet! Täglich vernichte er, was die Tiere wiederbauten! Sehe ich, so! – Der Morgen war frisch, das Tal stand in hellem Grün, die Sonne glänzte, und Mergault schlug tapfer die Ameisen tot. – Das geschah an einem jener Vormittage, da ich auf und mit ihm zusammen war; ob er wirklich jeden Tag hinging, weiß ich nicht, obwohl es damals ganz so aussah. – Das Mittagessen begann und da zeigte sich Mergault wieder viel befriedigter. Er führte bei Tische die Konversation. Er kümmerte sich sehr um die Essenszeit, schaute von elf Uhr an alle Augenblicke nach der Uhr (man aß um halb eins) und er war es meistens, nicht Marie, der mich weckte, und alle Momente mahnen kam, ich möchte doch etwas rascher bereit sein. Manchmal rief er so dringend von unten, sagte, man esse schon, man beginne, dass ich mich übereilend herunterkam – und wohl einen gedeckten Tisch fand, aber noch eine Viertelstunde warten musste. Er tat das nicht etwa, um mich zu ärgern, sondern er zeigte eine wirkliche fast absonderliche Bestrebtheit in der Sache; Scherze solch grober Art hielt er für unanständig, nicht nur bei andern, sondern ich habe ihn selber nie Scherze dieser Art versuchen sehn. – Die Zeit des Mittagessens wurde mit Genauigkeit eingehalten, weil, an fünf Tagen der Woche wenigstens, eine Person daran teilnahm, die an eine genaue Zeit gebunden war, eine gewisse Mademoiselle Verrat oder Verra nämlich, die Direktorin – besser nur Vorarbeiterin zu nennen – der schon erwähnten kleinen Fabrik bei der Brücke, wo eine Anzahl Mädchen, aus Dingy oder den umliegenden Häusergruppen, an der Konfektion verschiedener Kleidungsstücke, Tricots, Mützen oder dergleichen, arbeiteten; eben unter der Führung dieser Person, die in ihrem Gewerbe angeblich sehr tüchtig war. Sie wohnte in Thônes, dem großen, letzten Dorf des Tales, benützte morgens und abends den Autobus (der dort seine Endstation hat); unmöglich war das natürlich während der Mittagspause, die überdies noch besonders kurz war; und Mademoiselle Verra erschien regelmäßig jeden Mittag etwas nach zwölf Uhr (Samstag und Sonntag ausgenommen) in der Pension Martinod. Sie war quasi das Signal zum Essen. Sieht man sie schon? fragte man und wenn man sie auf der Straße, bei der vorhergehenden Häusergruppe (die Pension Martinod war übrigens ein einzelnes Gebäude) erblickte, dann wusste jeder: jetzt wird es mit dem Essen ernst. Indessen kam sie ganz unscheinbar an – unscheinbarer, als jeder;

man hörte sie kaum, wenn sie über den Kies schritt. »Schreiten«, das ist überhaupt ein Begriff, der schlecht zu ihr passte; sie schwebte, wehte eher heran – aber ohne dass im Wehen etwas Stürmisches, im Schweben etwas Bewegtes, Elastisches war; es ist Zeit, von ihrer hauptsächlichen Eigenschaft zu reden: Klein konnte man sie nicht nennen, nein, sie war schon ausgesprochen Zwergin. Dazu noch von abschreckender Magerkeit. Ihr Gewicht musste zwischen dreißig und vierzig Kilo, wohl näher den dreißig, liegen. Wirkliche Missbildung zeigte sie eigentlich nicht; und doch befand man sich immer im Unklaren, sollte man sie hässlich oder zierlich nennen. Vergilbt sah sie sicher aus. Das Gesicht von schreckhaft kranker Farbe, scheinbar riesengroß und in einem spitzen, tief nach unten gezogenen Winkel verlaufend, enthielt blaue, kindliche, fast träumerische Augen. Wurde man plötzlich bewusst, von ihnen (die von tief unten her schauten) angeblickt worden zu sein, zeigte man Neigung, sich erschrocken zu fragen, ob man die Person nicht etwa beleidigt, verletzt habe. Das kam aber nur davon, dass man spürte, wie leicht man die Person hätte übersehen, quasi wegstoßen können – die einen doch sehr erwachsen, vollständig gleichwertig anschaute. Und so war eigentlich die Hauptreaktion der Umgebung diese: man bemühte sich sehr um die Frau. Sie war freundlich, zeigte auffallenderweise nichts von der Schärfe, die sonst in dieser Art Missgebildeten eigen ist. Etwas Scharfes und Spitzes hatte sie doch im Gesicht und einige fragten sich manchmal sehr: »Ist sie nicht böse?«, zumal man ihr nicht richtig nahe kam. Auf Mergault, den Mann, der da so gut und von großen Dingen der Welt sprach und der sich durchaus korrekt, oft galant gegen sie benahm, blickte sie manchmal mit einer Art Bewunderung; oder es konnte doch so scheinen. Mergault war ja auch zu solcher Mittagsstunde kaum je besoffen, sah relativ flott aus und lebte auf, weil er Gesellschaft hatte, ja, eine Assistenz, die auf ihn horchte, das Mittagessen war die sicherste Zeit des Tages zu seiner gesellschaftlichen Auswirkung; denn die andern Stunden brachten nicht immer Glanz und der Glanz musste gesucht werden.

Schon gegen zwei Uhr, wenn die Essensstunde sich immer mehr und zuletzt ganz und gar auslebte, nachdem man auch den schwarzen Café, – zu dem sich Mergault viel Marc geben ließ – langsam gekostet und Mademoiselle Verra längst in ihre Fabrik zurückgekehrt war, begann meist wieder ein trübes Dasein für ihn. Hatte er für heute besondere Pläne, gab es irgendeine Aussicht? Ich gehe nach Dingy! sagte er manchmal und rüstete sich gleich. Aber wenn er keinen Centime besaß, war er wenig mutvoll. Dann stieg er manchmal in sein Zimmer, – er lege sich etwas nieder, er schlafe nicht, er flaniere im Bett –. Oder es kamen Gäste, es bot irgendeiner etwas an, einen Liter Roten, – mit Vergnügen! Oder er zog nach Dingy mit irgendeinem Geld, dessen Herkunft ich mir nie erklären konnte (pflegte doch Mergault alles, was er besaß, in kurzer Zeit, meist am selben Tag, auszugeben; und er bekam doch gewiss nicht alle zwei Tage eine neue Extrageldsendung, neben der monatlichen Zahlung der Pension, die seine Eltern mehr oder weniger direkt an Madame Martinod leisteten.) – Dann saß er in Dingy in einer Wirtschaft (einer von dreien, meist aber nur einer von zweien, da die mittlere wenig in Frage kam) und hatte immer irgendeine Gesellschaft; bald war es der Maire (Bürgermeister), und er erzählte abends von ihm, was für ein freundlicher Mensch er sei, und nicht dumm; oder er sprach mit dem Abbé, – ein sehr freundlicher Mensch und gebildet! Oder er fand den Käsehändler; oder einen oder mehrere von den vielen vielen Bauern, die er kannte, und immer neuen, die er kennen lernte; mit jedem redete er sehr viel und wusste genaue Geschichtlein zu erzählen. Man trank und andere gaben ihm viel zu trinken; er wurde erwartet in der Pension und kam zur Essenszeit oder später besoffen an. – Oder er verbrachte traurige Nachmittage, ein paar Schritte vor der Pension spazierend, mit dem und jenem, der kam, ein Wort wechselnd, selten eine Seite lesend, am ehesten noch in der Revue »Detective«, die er nie verfehlte von Annecy mitzubringen. – Dann das Abendessen, normalerweise etwa um sieben Uhr, aber die Zeit wurde nicht mit solcher Genauigkeit innegehalten, da keine Demoiselle Verra mehr erschien. Nicht immer war er besoffen. Manchmal zog er nach dem Essen los, nach Dingy hinauf und manchmal ging ich mit. Allein ging er weniger gerne, er brauchte eine gewisse Beschwingung, den Weg zu bewältigen (ca. 10 Minuten, aber ansteigend). Manchmal zogen wir beide, mehr oder weniger belebt, wenn es dunkelte, die gewundene Straße hinauf, durch die Felder, wie zu großen Abenteuern, und solche Wege sind mir in Erinnerung geblieben: Ein Berg, eine Felsbrust, quasi fahrend, stand vor uns auf, immer höher sich reckend, von der Abendbeleuchtung lohend gemacht. Mergault selber, der wenig Beziehung zur Natur hatte, reagierte auf diesen Eindruck machtvoll. Zu Unrecht habe ich, als ich das Gemälde der ganzen Gegend entwarf, den Eindruck aufkommen lassen, als ob überall nur ferne und kleine Berge, etwa wie niedrige Rahmen, das Land umgrenzten; man muss oft, um nicht das Ganze zu stören, eine Einzelheit, die einmal stark wirkt, außer acht lassen. Das Seitental, das hier abzweigte, verfolgte einen Berggrat, eine Flucht von aneinandergerückten Türmen; in stumpfem Winkel umbiegend verlängerte sich dasselbe Gebirge aber zur Begleitung des Haupttals; und wenn man die Straße nach Dingy hinaufschritt, nachdem man einmal die schon erwähnte Kurve, die nach der Pension Martinod den Hügel umging und überwand, hinter sich hatte, wenn man so nach Dingy hinaufschritt, schritt man vor allem immer mehr in den Bereich dieses Gebirges, das über einen zu wachsen drohte, als ob es schritte und man stünde still; es waren blanke senkrechte Felswände, rötlich und immer höher wachsend; und sie erinnerten unbedingt an eine Brust, die sich immer gigantischer in die Welt hinaus aufreckte – die beiden Arme, die zwei absteigenden, weil gleicherweise sich entfernenden Gräte nämlich, nach hinten gerissen, der Kopf verschwunden vor der Gewaltigkeit der Brust. Tief zu Füßen des Riesen, im Grünen, nahe der Ecke, wo die Hänge sich steil zu der Wurzel der Wände aufzuschwingen begannen, lag Dingy, das eindunkelnde Dörfchen, welches ein kleines Café barg, das wir suchten. – Die Gesellschaft konnte sehr verschieden sein; meist fanden wir Belebung, sei es im untern Café, bei Madame Paume der jungen Frau, oder im obersten Café mit Tabakladen, bei der uralten Dürren. Unendlich trüb hing dort die Petrollampe in einem großen Raum, der meistens leer war; die Alte huschte wie ein Gespensterschatten hervor, brachte aber gern die Getränke, wenn man nur welche bestellte. In den zwei viel engern Räumen (nicht größer als eine Bauernstube) der Madame Paume war es meist belebter. – Manchmal verloren wir uns, jeder besonderen Gesprächen nachgehend. Wenn wir zusammen heimzogen, nach Schließung der Cafés, durch das eingeschlafene Dorf, stießen wir laute Schreie aus und die Hunde bellten. – Unter den bellenden Hunden war besonders einer unser spezieller Freund. Er wohnte im ersten Haus des Dörfchens, wenn man von unten kam, und wir vergaßen nie, ihn hervorzulocken, sobald wir in die Nähe kamen; er bildete die erste große Sensation unserer angeregten Abende, da wir den Gang nach Dingy taten; die Stimme des Hundes war vollständig unbeschreiblich, – so ungeheuer, schnarrend, düster und tief – nur ein Wort nannte einigermaßen seine Natur, der Name nämlich, den Mergault dem Hunde erfunden hatte: Beethoven; wie wir ihn dann immer nannten. Wir riefen, wenn wir gegen Dingy kamen, und freuten uns schon längst: Beethoven, jetzt Beethoven! Die Stimme des Hundes erhob sich, so dunkel, langsam und schnarchend, drohend, heiser und tief, dass wir immer von neuem Lust darüber empfanden. Es versteht sich, dass bei unserer Evokation Beethovens mehr als Werk und geistige Gestalt sein Aussehen, gewisse übertriebene Bilder, eine gewisse populäre Vorstellung Beethovens gemeint waren. – Es gab Momente von Seelenharmonie, bei solchen nächtlichen Ausgängen in angeheitertem Zustand, solchen Jagden nach Sensationen, solcher Geladenheit mit dionysischen Energien, zwischen Mergault und mir, – die einzigen Momente sind mir aus solchen nächtlichen Ausgängen, wenn wir ins dunkelnde Dörfchen hinaufschritten, der Berg über uns lohend höherwuchs, Beethoven seine Stimme erhob, die Bauern in schwach erhellten niedrigen Räumen warteten, bei vielem Wein, wie er auch auf uns wartete, in Erinnerung geblieben.

– Die Rückkehr in die Pension, nach solchen Ausgängen, muss ich noch erwähnen, um das Bild eines Tages in Dingy abzuschließen: Wenn wir zusammen ankamen, pflegten wir, sobald wir den Bogen der Straße hinter uns hatten, ein unermessliches, jubelndes und heulendes Geschrei von uns zu geben, bald zweistimmig, bald einzeln, uns gegenseitig zu höherer Leistung anfeuernd. Das waren nochmals Momente von Seelenharmonie. Die Hunde bellten und kamen uns in rasendem Galopp entgegengesaust, man wusste nicht genau, erkannten sie uns oder nicht, sie waren quasi auch außer sich und sausten, immer noch heulend und bellend, wie Kugeln durch die Nacht wieder davon. Nur der größere, Ponette, wurde dann freundlicher und zersprang fast vor Kundgebungen der Sympathie. Wenn es uns gelungen war, selbst Marie aus ihrem Schlaf zu bringen, so dass sie am nächsten Tag von der nächtlichen Apparition in Tönen erzählte, war unser Ehrgeiz am meisten befriedigt. Die Mère Martinod hörte es häufiger, obwohl auch sie einen sehr gesunden Schlaf hatte; sie redete am andern Tag von der Ankunft mehr schmunzelnd, so mit duldsamem Lächeln der Wirtin, die vieles erträgt, darüber nichts sagen will, im Innersten fast etwas Bewunderung hat über eine Leistung, die sie noch nie gesehen hat und noch lange weitererzählen wird. Aber die Bauern in der nächsten Häusergruppe hörten auch unsere Ankunft, Robert gab am nächsten Tag Eindrücke und Gefühle wider. Schließlich hat niemand ernstlich reklamiert, aus diesen und aus jenen Gründen. Die Leute staunten im allgemeinen eher. (Wichtig ist dafür, dass die Bauern jener Gegend selber sehr viel trinken. Sie zerfallen aber dabei nicht, – wie etwa die Leute anderer Nationen, wenn sie trinken –; kaum einer oder zwei im Dörfchen zerfallen, wie überall; die andern sind Leute, die trinken *und* arbeiten.) – Aber rund und klar solche Fälle, das waren nur einzelne Abende. An andern Abenden kam Mergault allein an, singend oder nicht, den Schrei der Nacht (»le cri de la nuit«, er belehrte die Leute, dass das Ding sich so nenne) von sich gebend oder zurückhaltend; manchmal gab er ihn nur klein und bescheiden, wenige Male von sich. Aber bisweilen hörte ihn ein feines Ohr von unendlich weit her, wann er kaum Dingy verließ; dann machte man sich auf eine besondere Besoffenheit gefasst. – Nicht immer kam er spät, nach Schließung der Cafés, es konnte sein, dass er um neun Uhr, zehn Uhr erschien, nachdem er vielleicht das Abendessen ausgefallen gelassen. Und manchmal kam er still an, verschwand sogleich im Zimmer; oder mit wenigen Tönen, ganz grau, und verschwand auch. Aber fast immer war er am nächsten Vormittag wieder gesund. – Ich arbeitete in der Regel in der ersten Zeit meines Aufenthalts abends, d. h. von etwa elf Uhr, zwei, drei Stunden nach dem Abendessen an, in meinem Zimmer; Mergault mochte nun in Dingy sein, oder unten bei der Mère Martinod, wo nicht selten Gäste waren und wo man auch nicht wenig trank; oder er mochte schon längst hinter der grünen Gittertüre eingeschlossen in seinem Zimmer liegen; denn manchmal, sei es aus Krankheit oder Niedergeschlagenheit, zog er sich früh zurück, gleich nach dem Abendessen und legte sich zu Bett. – Somit ist der Bericht über den Verlauf eines normalen Tages geschlossen.

Tod und Leben im Milieu

Ich war ca. acht oder zehn Tage da, es ist Sonntag und ist Pfingsten: Die armen Italiener, die Bäume fällen, führen erst den Reigen, sie sitzen im zementierten Vorhof, trinken, lassen das automatische Klavier spielen und tanzen, mit Marie und, leider, allzuoft allein. Dann herrschen Einheimische vor, Ausflügler, aus Annecy z. B., denn es ist Pfingsten und schönes Wetter. Mergault ist in Dingy, wird erwartet, man hat wohl Kunde von ihm, er sei besoffen, aber er kommt nicht und das Abendessen findet, auf ein machtvolles Wort der Mère Martinod hin (die heute überhaupt gewaltig erscheint), ohne ihn statt. Endlich erscheint er, aber eben im Moment, da auch vier Ausflügler größerer Distanz ankommen, die zu essen und Betten bestellen, so dass große Unruhe unter den Anwesenden herrscht. (Es wird nicht mehr gesagt werden müssen, dass Mergault und ich bisher die einzigen Pensionäre waren.) Ein Nüchterner sitzt da, der Mann von Frau Martinods Tochter nämlich, ein Mensch mit Sperberaugen und jedem Spaße abgeneigt; ich bin ernst und Mergaults Exhibitionen feindlich gesinnt, gerade in diesen Tagen arbeite ich am wesentlichsten; die Tochter der Mère Martinod – aus Annecy zu Besuch da – hilft bedienen; Marie, die langsam arbeitet und vor allem Neuen den Kopf verliert, ist überbeschäftigt; diese Umstände wirken zusammen: Mergault, dem man wohl die Suppe vorgesetzt hat, sitzt verlassen da. Not ergreift ihn. Ich beobachte ihn genau und der Spektakel ist gewaltig. Seine Trunkenheit verfliegt von Moment zu Moment und er wird ein total Vernichteter, ein völlig Verlorener, Kraftloser, Kranker. Das Wesentliche über ihn wird mir wieder bewusst: Alles hängt für ihn am Milieu, der Tod und das Leben; er hat keinen andern Stoff mehr auf der Welt, zu seinem Leben; es wird mir besonders als im Gegensatz zu mir stehend klar, der ich nach anderem ziele (besonders, die vergangene Nacht starke Zenith-, Leistungsbetonende Träume gehabt hatte); kein größerer Gegensatz kann zwischen uns liegen; Mergault hat nicht einmal Beziehungen zu einem geistigen Milieu, nicht eine einzige ernste Beziehung: DA, hier, am Tisch, an jedem Tisch, in jedem Raum, da er gerade sitzt, ist das Milieu, das ihm Tod oder Leben gibt; er hat nichts anderes mehr auf der Erde, nichts hinter ihm, nichts über ihm, nichts unter ihm, nichts in der Ferne.

So ein Tag, wie der nächste: Meine Arbeit schritt zufriedenstellend, wie es selten war, vor; ich nahm, wie meistens ein kaltes Band im Fier – dem Talflüsschen mit dem flachen Kiesbett – machte eine Nuance Körperbewegungen und erfreute mich der durch die starke Ernährung verursachten körperlichen Zunahme. Mergault war ausnahmsweise nicht besoffen. Ich konnte kaum etwas mit ihm reden, das ist wahr; ich sprach aber doch oft, im Laufe des Tages, mit ihm; und die Überlegung stieg in mir auf, dass vielleicht niemand, weder er noch ich, bisher gedacht hatte, wie viel mir diese anspruchslose, in nichts verpflichtende

Anwesenheit, – die aber manchmal eine für mich glückliche Verbindung mit der Bauernumgebung darstellte – nützte. Man konnte nichts reden, was mir am Herzen lag, gut; aber ich arbeitete; und er war doch der einzige Mann in dieser Umgebung, der den Namen Balzac je gehört hatte, irgendeine Vorstellung von Paris hatte, etc. Und vor allem mit Dankbarkeit fand ich mich in etwas anderes hinein: eine Art körperliche Rettung, eine Natur, – mochte der Tisch, an dem wir saßen, noch so unreinlich sein –. In einer Pension, in einer Wiese, in einem rauschenden Tal, zwischen kleinen Bergen – wo ich Gewicht gewann, über meine Reiserichtungen sinnen konnte, eine Zeit dünner ganz schlechter Arbeit erlebte, – während mir auch noch ein schon in Annecy angekündigtes, etwas größeres, wieder einige Bewegung erlaubendes Geld ankam: Alle diese Umstände machten, dass ich noch keineswegs an eine Abreise dachte; sie hätte keinen Sinn gehabt, das Positive herrschte hier im Augenblicke vor.

Aufenthaltsberatung

Nun folgte für mich auch noch, nachdem ich am folgenden Tag die kleine Geldsumme erhalten hatte, die gute Lösung einer Sache, die sich erst als schwierig ankündigte. Ich war seit ungefähr einem Jahr nicht mehr in Frankreich gewesen, hatte außerdem während meines früheren Aufenthalts meine *Carte d'identité* verloren gehabt und all diese Dinge mussten nun der zuständigen Behörde erklärt werden, da nicht selten von Annecy her zwei berittene Polizisten in die Gegend kamen und nach allen Fremden fahndeten (sie waren besonders aufmerksam der vielen italienischen Holzfäller wegen, die in der Gegend ihr Brot verdienten); und bekanntlich sind die französischen Behörden Ausländern gegenüber nicht durchwegs sehr angenehm. Ich erkundigte mich. Mergault, der mir da wirklich hätte helfen können, wollte nichts mit der Sache zu tun haben, ließ mich schnöde im Stich; das war nichts Auffallendes bei ihm, der sich nie, wenn es ihn die geringste Mühe kostete, nicht an sich ein Vergnügen war, um einen andern bemühte. – Ich müsste den Maire treffen, sagte man mir, am besten sei er abends zu treffen, da er tags arbeite und etwas abseits wohne; abends aber, wenn er die Milch heruntertrage, gehe er meist einen Moment in die Mairie und nachher in eine der Wirtschaften: am sichersten treffe ich ihn dort. Und um die Sache zu erleichtern, – Mergault wollte an diesem Abend nicht nach Dingy gehn – anerbot sich Robert zur Begleitung. Etwa neun Uhr, als es eben dunkelte, suchten wir in den Cafés von Dingy den Bürgermeister; aber er war nicht da, auf rätselhafte Weise verschwunden; man hatte ihn noch gesehen, aber man sah ihn nicht mehr, auch in der Mairie war er nicht. Man bot mir dagegen an, seinen Sekretär zu holen, wenn ich wollte, und natürlich wollte ich. Nach einigen Minuten erschien ein sechszehnjähriger Junge: Da sei er, der Sekretär, sagte Robert, und der Sekretär grüßte, schwankend zwischen einer Spur Würde und vieler jugendlicher Verlegenheit (es war ein Junge, wie etwa ein beliebiger Lehrling in der Stadt, am ehesten ein Drogistenlehrling, er hatte so ein bebrilltes Mondgesicht mit schwarzen Haaren). Die Sache kündigte sich vorerst nicht äußerst schwer an! Ich lud diesen Jungen, den »Sekretär«, und Robert ein, ins Café einzutreten, vor dem wir standen, das Café mit dem Tabakladen und der dürren Frau. Ich bestellte, der Sekretär war würdevoll und aufmerksam, und ich begann ernsthaft meine Angelegenheit zu erklären. Der Junge sagte, ja, er könne schon schnell auf die Mairie gehen, um den Stempel zu machen, aber der Bürgermeister müsse doch kommen, wegen der Unterschrift. Von nun an begannen wir auf den Bürgermeister zu warten (er *müsse* noch kommen!), bei mehreren, aufeinanderfolgenden Getränken, denen allerdings der Sekretär nicht sehr kräftig, wie ein richtiger Bauernsohn, zusprach (er war doch schon von des Gedankens Blässe angekränkelt). Robert zeigte sich tapferer. Aber der Maire kam nicht. Wir erwarteten ihn weiter im zweiten Café, dem der Madame Paume, und hier wurde das Warten bald fruchtbarer: Man hörte schwere Schritte: Das ist der Schritt des Maire, sagte Robert, nur er hat einen solchen Schritt, nur er! Hinausgehn? o nein, er wird schon hereinkommen! Da ist er ja! Bonjour, Maire! Da ist jemand, der dich sprechen will!

Der Abend mit dem Maire

Ein paar Männer, ruhig, kräftige Bauerngestalten, die aber doch dem Wein zuzusprechen wissen, und sich nichts vormachen lassen, waren hereingetreten, das kleine Gemach plötzlich sozusagen mit einer Menschenmenge füllend. Ich wusste zuerst nicht, welches der Bürgermeister sei, dann zeigte sich, dass es der am wenigsten intellektuell, d.h. dürr und hoch, aussehende, der derbste, bäuerlichste und am schmutzigsten gekleidete war. O, er hätte schon Zeit, sagte er, ohne von mir Notiz zu nehmen, sich, mit den beiden dürreren Männern weitersprechend (er selber hatte eine Prachtsgestalt) am andern Tisch niederlassend. Ich sah, der Moment war noch nicht gekommen und bestellte schnell ein weiteres Getränk. (Wie schon vermerkt, mein Geld war eben in diesen Tagen angekommen.) Aber der Sekretär konnte nicht mehr weitertrinken, er brachte keinen Schluck mehr herunter, während Robert, obwohl würgend, aber sichtlich geehrt, aber sehr rot im Gesicht, dagegen nicht unruhig, weitertrank.

Eine Stunde später war der Maire mir kein Fremder mehr. Die Angelegenheit war, wenigstens soweit es sogleich möglich war, schnell erledigt worden, indem der Maire den Sekretär in die Mairie geschickt hatte, einen Stempel und eine Eintragung zu machen; für das Weitere, wozu Photos und 100 Francs nötig waren, würde man morgen sehn. Und nun noch einen Schluck! Der Maire war ein gewaltiger Weinkenner, das hatte mir Mergault schon gesagt; das Besondere, heute trank er nicht, wie es sonst immer unter den Bauern der Gegend üblich ist, den gewöhnlichen Roten, sondern er ließ sich einen bessern Wein, eine Flasche bringen, einen Wein, den ich, als ich gekostet hatte, für Burgunder hielt – es war aber afrikanischer Wein! Immerhin hätte er, gab der Maire zu, einige Ähnlichkeit mit rotem Burgunder. Ich meinerseits äußerte mein Erstaunen, dass in Afrika ein so guter Wein wachse; ich hätte von dorther nur so etwas Schmieriges wie z. B. spanische Weine erwartet. – Der Maire wollte diese Flasche bezahlen, sicherlich, aber ich bestellte andere; den Preis hatte ich mir immerhin sagen lassen, er war ungefähr 10 Francs, also mäßig; den gewöhnlichen zahlte man überall im Café 4 Francs den Liter. – Ich kam aber in gewaltige Bewegung, teils weil die Sache einen so guten Fortgang genommen hatte (der Maire hatte rasch alles richtig begriffen, ohne Misstrauen, das etwa Komplikationen hätte verursachen können), teils weil ich mich, da solche Angelegenheiten mit Verwaltungen mir immer äußerst schwer fallen, ohnehin in einer gesteigerten Stimmung befand. Und ich wollte den Leuten wohl zeigen, dass ich auch einen Tropfen bei mir beherbergen konnte! – Mein Durst war in Wirklichkeit so groß, dass ich mich nicht mit dem langsam zu trinkenden Wein zu begnügen vermochte, sondern mir zwischenhinein einige Flaschen Bier geben ließ, die ich zum Staunen der Zuschauenden fast in einem Zuge austrank. Die Polizeistunde ging vorüber, aber ich sagte dem Maire: »Wenn DU da bist, mein kleiner Bürgermeister, dann *kann* uns ja nichts geschehen: kommt die Polizei, so gibst du ein Zeichen und alles ist gut.« Daraufhin konnte der Maire denn nichts tun als bleiben; er liebte selber einen guten Tropfen und einmal eine etwas verlängerte Zechstunde sehr; aber dazu schmeichelten ihm meine Worte vielleicht doch so sehr, dass er ein doch vorhandenes Bedenken, manchmal wiederkehrendes Bedenken überwand; denn wenn die berittene Polizei aus Annecy gekommen wäre, wären wir ziemlich sicher trotzdem alle genommen worden! Allerdings geschah es selten, dass so eine Patrouille einen nächtlichen Streifzug machte, es konnten eine, zwei oder mehr Wochen vergehen; und man konnte somit auf ein gutes Glück hoffen. Das hatten wir auch. – Ich selber bezahlte in diesem Café vier oder fünf Flaschen von dem starken, herben Rotwein, und zahlreiche Flaschen Bier. Die Mischung hatte mir doch geschadet und ich zog es vor, einige Magenbeschwerden spürend, einmal hinauszugehn, etwa um zwei Uhr. Nachdem ich bei der Kirche auf einem Baumstamm eine kurze Station gemacht hatte, erhob ich mich, etwas erleichtert (auch materiell) wieder und stimmte, mich ganz auf die vorige Höhe zurückzubringen, einen ungeheuren Gesang an – die Leute erzählten nachher, ich hätte Litaneien gesungen, um die Kirche herumgehend – ein Mitteldimg zwischen einer gefälschten Bachschen Kantate und einem Sturzbach nachahmend (als Text dienten mir ein paar Verse aus Dantes Höllentor, italienisch). Erst gegen drei Uhr (ich war nach kurzer Zeit, – die Nacht war stockdunkel gewesen – wieder gesund und besoffen ins Café zurückgekommen) trennten wir uns, sehr befreundet, nachdem ich auf die Bauern sicherlich – wenn vielleicht einen etwas merkwürdigen – nicht den schlechtesten Eindruck gemacht hatte. Zu meiner Begleitung war noch immer Robert da (der Sekretär hatte sich, und das sollte ihm auch durchaus zugemutet werden, längst zurückgezogen), er war geblieben, wenn er auch immer weniger mitgetrunken hatte. Er hatte sein Fahrrad bei sich (einer Art höheren Liebe wegen nahm er es immer auch dann mit, wenn es gar nicht dienen konnte) und er forderte mich lebhaft auf, ich solle mich hinter ihn setzen – damit wir schneller unten seien. Der Himmel bewahre mich, entgegnete ich ihm! Nicht einmal am Tag würde ich das tun! – Er behauptete, er fahre sicher, sicherer, als er gehe, aber ich versicherte, dass es nicht meine Gewohnheit sei hinten aufzusitzen. – Robert war vom Wein sehr bewegt und doch konnte man ihn nicht besoffen nennen; er besaß eine derartige Willenskraft, Zähigkeit, Fassung wie viele erwachsene Bauern; er wollte und konnte sich nicht gehen lassen. Er führte sein Rad sehr unsicher, die Nacht war stockdunkel und auf einmal war er tief in der Tiefe verschwunden, im Straßengraben. Wie ungefährlich auch der Sturz war, der Ort war so tief, zwischen hohem Gras geborgen, die Welt so dunkel, dass es einige Mühe kostete, – auch meine Hilfe war sehr unsicher – ihn wieder hochzubekommen. – Er zog sich am nächsten Tag – sei es Mangel an Gedächtnis, sei es kluge Selbstverteidigung – so aus der Sache (die er ja gar nicht hätte zu berühren bauchen, aber vielleicht fürchtete er meine Erzählungen), dass er behauptete, *ich* sei in den Graben gestürzt. (Als ob ich das nicht, im gegebenen Fall, seelenruhig zugegeben hätte!) – Die Reise ging rüstig weiter, er hatte Eile, sich zu verabschieden, vor der Pension Martinod, ich aber hielt ihn, heftig redend, immer noch zurück: Mergault behauptete, von den Reden erwacht zu sein und sie gehört zu haben. Dann, als er gegangen war (er bestieg das Rad, durch die Nacht zu fahren; er wohnte in der nächsten Häusergruppe, etwas abseits von der Straße) stieg ich in mein Zimmer hinauf, schleuderte, noch zu viel in innerer Bewegung, um plötzlich schlafen zu können, einen Stuhl in schönem Bogen hinaus; er fiel, einige Zweige verletzend, in die Krone eines Kastanienbaums und da blieb er vorläufig, sehr still und ohne dass man dem Baum etwas anmerkte. Ich schlief angezogen, sei es, weil ich das Ausziehen sinnlos oder weil ich es zu mühsam fand.

Am folgenden Morgen fühlte ich mich körperlich sehr gut, aß sieben Eier, außerhalb der Pensionsmahlzeiten, früh am Tag, während Marie auf eine Leiter stieg, den Stuhl herunterzunehmen. Ich sagte, sie solle es doch lassen, ich werde es tun, aber sie hörte nicht, das Rätselhafte, dass nun Stühle auf Bäumen seien, überstieg weit das Gefühl der Mühe. – Mademoiselle Verra, die nur mittags kam, sah nie die Erscheinungsformen der besonderen Dinge, sie hörte nur die märchenhaften Erzählungen von verschiedenen Seiten her, schüttelte den Kopf, lächelte demütig vor so fremdartigen Erscheinungen des Lebens. Robert gab z.B. seinen Bericht ab, er aß manches Mal hier mit uns, weil er nämlich sehr oft für Madame Martinod, die doch keine männliche Hilfe im Hause hatte, arbeitete. Es handelte sich meistens um Landarbeiten, manchmal half Marie mit. Dann interessierte Robert die Arbeit am meisten. Denn, für alle Augen sichtbar, war er wie ein Toller hinter Marie her, in einer ungeheuer linkischen Weise allerdings. Er saß neben ihr in der Küche beim Essen und rückte, ohne etwas sagen zu können, immer näher an sie heran; sie wich mit ihrem Stuhl, er folgte nach, stieß sie mit den Beinen, drückte sich so an sie, dass sie entweder schief sitzen oder sich dauernd dagegen hätte stemmen müssen, wenn sie nicht weiterrücken wollte. Das Weiterrücken hatte aber auch ein Ende, sie konnte nicht ihrerseits Madame Martinod stoßen, aber glücklicherweise endete dann in der Regel auch die Mahlzeit oder bot sich sonst eine Gelegenheit für Marie, aufzustehen. Wenn sie sich allenfalls widersetzen wollte, sagte sie schmerzlich geärgert: »Robert, wenn du mich hier sitzen lassen willst, musst du wirklich etwas wegrücken.« Er war immer halb schamrot, wurde es dann etwas mehr, rückte aber nur ganz wenig weg. – Ungezählte Male klagte Marie Madame Martinod, heulte fast dabei, ja, es kam vor, dass sie wirklich heulte. Es gab Debatten, Mergault mischte sich ein, bald für, bald gegen Robert sprechend. (Ihn ärgerte vor allem immer von neuem, dass Marie keinem Manne weichen wollte.) Madame Martinod erklärte sich zwar nicht für Robert: »Wenn er noch nicht einmal mit einer Frau zu sprechen weiß ...«, aber sie unternahm doch keinerlei Sanktionen gegen ihn, ließ nie etwas in seiner Anwesenheit verlauten, war sie doch im übrigen durchaus zufrieden mit ihm, mit dieser (wohl billigen) sehr willigen und strebsamen Arbeitskraft. Sie unternahm auch nichts zur Stärkung Maries, man empfand deutlich, dass sie deren Lage als durchaus unschwierig, deren Nöte als nichtig betrachtete. – Marie in ihrer Unbeholfenheit, dieses schwere Mädchen, doppelt so stark wie Robert, hatte etwas Rührendes; und das Schauspiel dieser beiden, beide gleich hervorragend an, wenn auch verschiedener, Unbeholfenheit, war packend. Mehr als einmal redete ich mit Mergault ernsthaft darüber; es war einer der wenigen Gegenstände, über die wir ernsthaft reden konnten. »Es wird ein Unglück geben, sagte Mergault, das ist eine Sache, die mit einem Todschlag enden kann.« Einen ähnlichen Eindruck hatte ich auch; es schien nicht möglich, Robert von diesem Mädchen, das er andauernd verfolgte trotz ihrer andauernden Abweisung, abzulenken. »Ja, wenn die Leute in einer Stadt wohnten«, sagten wir, einer Ansicht. Marie weinte bisweilen, stieß aus, sie mag, sie mag ihn nicht! Er aber, Robert, benützte jede Gelegenheit, ihr nahezukommen, besuchte sie zu allen Stunden des Tages, fürchtete weder Lächerlichkeit noch die unendliche Mühe, die ihm bei seiner Natur jede Geste kostete, ließ sich nicht beirren durch ihre dauernde absoluteste Erfolglosigkeit; und er reagierte nicht im mindesten auf ein anderes Mädchen des Dorfes. Sein Vater war einmal ausgezogen, ich glaube nach Annecy zu fahren, und war verschwunden; es war vor Jahren geschehn, die Leiche war unbekannt geblieben. Dieses Vorzeichen, der Eingriff eines Unheimlichen und Gewaltsamen in die ruhige Natur, beeinflusste uns wohl, wenn wir annahmen, dass auch auf der Reise, auf der der Junge sich da engagiert hatte, etwas Gewaltsames warten könnte.

Die Ziege

Einmal nur sah Mademoiselle Verra beim Mittagessen mit eigenen Augen ein rätselhaftes Ding, nämlich eine Ziege sah sie in die Küche hereinkommen, geführt von mir. Es handelte sich um die große weiße Ziege der Madame Martinod, dieselbe, welche die Pension mit der von Mergault geschmähten Milch versorgte. Dieses Tier hatte ich kennengelernt, als es einmal aus dem Dunkel des Stalls hervorgeführt worden war und, obwohl groß und schwer und keineswegs mehr jung, die abenteuerlichsten Sprünge und Scheinangriffe ausführte; denn die Ziege hatte seit Ewigkeiten kein Licht mehr gesehn und war nun ganz berauscht davon. Die kleine rüstige Alte konnte ihrer kaum Meister werden; die Ziege nahm wohl ein Maul voll des frischen

Grases am Straßenrand, aber nicht mehr: Sie war nicht aufs Fressen eingestellt, ein ganz anderer Hunger trieb sie durch die unglaubliche, lichterstrahlende, vielfältige Weite der Welt; sie trieb bald dahin, bald dorthin, wollte sich in allen Richtungen zugleich fortbewegen. Sie griff Bäume an, stutzte vor der Grauheit der Straße, stürzte gegen das Laub wilder Reben und konnte sich vor ungebärdigem Staunen über alle Dinge nicht fassen. Ich nahm der Alten die Mühe ab, das Tier, das geradezu ein Ereignis bildete, zu halten oder wieder einzufangen (sie ging durch, aber nicht weit, der Mut fehlte ihr), aber schließlich war der Stall gereinigt und die Ziege sollte wieder hinein. Durch den Hauptraum der Scheune, wie jede nur halb dienende Scheune gefüllt mit einer Unmenge Gerümpel, führte der Weg in eine Nebenabteilung, den einstigen Stall, jetzt vor allem von einigen sich gegenüberliegenden Kaninchenhäusern eingenommen, und in diesem schon halb dunklen Raum, den man durch eine sehr niedrige Tür, die zudem unten noch, Gott weiß warum, statt der Schwelle ein zu übersteigendes Brett vorwies (so dass man sich zugleich vor dem Stolpern und dem Anschlagen des Kopfes hüten musste), in diesem schon halb dunklen Raum war ein Verschlag gebaut und in ihm wohnte die Ziege. – Ich kannte nun die Örtlichkeit, die mir sehr interessant schien, auch die zahllosen Kaninchen interessierten mich, und ich konnte die Ziege jederzeit losbinden, herausführen gehn, eine Handlung, die mir aus zwei Gründen zu gefallen vermochte, einmal aus direkter Freude und sodann wegen des Tiers. – Diesmal nun kam mir der Gedanke plötzlich, als die Mahlzeit kaum beendet war. Ich lief davon und ehe sich einer über mein Wegbleiben eine Frage stellte, erschien ich schon in Begleitung der Ziege, die sich im gegebenen Moment noch losriss und allein drauflosstürmte. Heute bereue ich den Schreck, den ich Mademoiselle Verra einjagte, besonders auch bereue ich, dass ich nicht wenigstens, als sie schon einen entsetzten Ausruf getan und ihr sich verfärbendes Gesicht mit Mühe einigermaßen in Fassung zu halten suchte, meine Grausamkeit einstellte, besser, zur genauen Kenntnis meiner Grausamkeit kam. Mergault saß da als der kluge Franzose, der hoffärtig und ärgerlich, aber zu hoch, um sich einzumischen, über solche Vulgaritäten hinwegschaut. Er konnte sich allerdings in diesem Punkte überlegen glauben, insofern er faunische Einfälle kaum je in nüchternem Zustande hatte und mit den Einfällen, die ihm in angeheitertem Zustand kamen, nie in direkter, d. h. in brutaler Weise jemand bedrohen konnte. – Die Ziege ging nun allerdings auf Menschen los, ohne indessen in stärkerer Weise wirklich zu stoßen, eine vorgehaltene Hand genügte als Abwehr. Madame Martinod zeigte keine Spur von Vergnügen an der Sache und ich verstand, dass ich die Ziege eher draußen lassen sollte. Übrigens rannte sie nun durch die zwei kleinen Gastzimmer, deren Tür offenstand, nach der Straße hin davon, Marie verfolgte sie; Marie zeigte seltsamerweise auch etwas Scheu vor dem stoßenden Tier – eine Eigenschaft, die das Mädchenhafte an ihrer ungeheuerlichen Erscheinung betonte –.

Später ging ich nach Dingy hinauf – musste ich doch wegen der Regelung der Papiere nochmals den Maire treffen – begleitet von Mergault. Nachdem meine Angelegenheit in der Mairie rasch erledigt worden, ließ sich der Bürgermeister nicht mehr bewegen, hier zu bleiben, er zog sich, früh wie es noch war, nach seiner Behausung hin zurück und ich begab mich mit Mergault allein in die Wirtschaft. Ich war jetzt, diesen Abend, ganz jeder Expansion abgeneigt, sehr in mich gekehrt (nach Dingy hinauf gehn, dazu noch mit Mergault, ohne einzukehren, wäre aber sozusagen unerlaubt gewesen). Wir trafen wenig Gesellschaft; der Käsehändler, einer der speziellen Freunde des großen Hergereisten, der in Paris »Gott gewesen, ein Viertel beherrscht hatte«, saß nur da, mit einem einzigen andern; er selber sah dürr und hämischer aus als der hämischste Bauer, etwas grün im Gesicht, einer von denen, die Weißwein trinken (d. h. dem Roten vorziehn), nichts glauben und immer etwas intelligenter scheinen, als sie sind; sein Begleiter war ein Bauer, grau wie ein Aschenbeutel und, im Gegensatz, sehr aufmerksam mit den Ohren, sehr glaubhaft scheinend. Der Käsehändler redete mit einer rohen, höhnischen Stimme (die beinahe etwas holländisch tönte) und grinste Mergault freundlich und schmutzig an. Dieser war, wie überall, auch hier auf dem Laufenden über das Aktuelle; er redete von des Käsehändlers Auto, – auf wann die gemeinsame Lustfahrt? – von dessen Appetiten und Geschäften. »Du hast dir ja wieder ein schönes Festchen geleistet diese Nacht. Meine Frau erwachte, so gut wie ich, zwischen zwei und drei die schönen Töne hörend!« – Da nahm nun Mergault (der in Wirklichkeit von zehn Uhr an in seinem Zimmer geschlafen hatte) eine recht würdevolle, dem andern gelassen begegnende Haltung an! Er sprach mit Vornehmheit, keiner lärmenden Verteidigung bedürftig. – Mein Freund, das wäre schon gut, aber diesmal war es nicht ganz genau ich, ich schlief nämlich um zwei Uhr schon längst! – Aber siehe da – der Käsehändler lachte grell auf und glaubte ihm keinen Ton! Mergault sah sich plötzlich völlig waffenlos, die Burg zu erobern, nach der er gelassen, des Zerdrückens sicher, die Hand ausgestreckt hatte! – Mein Freund, sagte der Käsehändler, geschlafen, ja, das haben wir genau gehört, wie du schliefst, du hast geschnarcht, dass wir alle wach geworden sind in unsern Häusern drin! Du machst unsereinen bald was weis, hihi! Mit einer Unschuldsmiene! – Mergault sah sich so quasi des Atems beraubt, der Ruck, den er bekommen, war zu plötzlich gewesen. Jeder weitere Versuch, die Dinge richtigzustellen, verlief kraftloser. (Der Käsehändler sagte, er hätte die Stimme erkannt, nur einer hätte eine solche Stimme.) Er rief mich zum Zeugen auf. »Ja, sicher, ich war's.« sagte ich. Der Käsehändler zwinkerte mir zu wie mit Einverständnis: Natürlich! Ich verging vor Lachen, aber das änderte nichts an der Sache. – Ich stellte mich insofern zufrieden, als ich das Ganze als eine Kompensation betrachtete: Wie viele Male war ich im Montparnasse, wenn ich nüchtern war, für besoffen, ja, wenn ich keinen Tropfen getrunken, aber todmüde oder ausgetrocknet oder halbverhungert und traurig war, für schwer besoffen gehalten worden, selbst von scheinbar ernst zu nehmenden Leuten!

Am folgenden Tag war ich halb entschlossen, nach Annecy zu fahren, wurde dann aber durch Mergault den Autobus verspäten gemacht. Wir waren indessen schon beim »Bahnhof«; die Frau, die ihn hielt, führte zugleich ein kleines Café – von außen durch nichts kenntlich, aber es waren eine Anzahl Gläser da und Getränke. Wir saßen hier und Mergault kam auf den Gedanken, den Mädchen, die jenseits der Brücke mit Mademoiselle Verra arbeiteten, einige Flaschen Bier zu bringen. Und bald erschienen wir beladen mit den Gaben, die Mergault überreichte, vor der Fabrik, von der aus wir immer von sämtlichen Augenpaaren fast durchstoßen und bis wir verschwanden, verfolgt worden waren. Heute dauerte die Station, vor der Fabrik und zu Füßen der Felsen, die sie, fast am Straßenrand beginnend, himmelhoch überragten, dauerte die Station lange: Wir trieben Späße, die Mädchen fanden eine natürlich höchst angenehme Unterbrechung ihrer Arbeit, Mademoiselle Verra fühlte sich eigentlich geehrt, obwohl sie ein wenig auch eine andere Betrachtungsweise vertreten musste, diejenige der Direktion, welche auf strenge Arbeit schaute; indessen war niemand von jenen Leuten da. Die Mädchen waren nicht hübsch, eine einzige, namens Titine, konnte einigermaßen dafür gelten. – Dann fuhren wir mit einem Steine führenden Camion, eine kurze Trinkstation bei der Mère Martinod machend, nach Dingy hinauf; es waren ein paar Männer von Dingy (darunter ein sehr gutmütiger Mann von riesigen Körperkräften), welche die Flusssteine, mit denen weiter oben das Sträßchen verbessert werden sollte, führten; einer davon war der Sohn der dürren Wirtin mit dem Tabakladen (ein Mann, der irgendwie pathologisch, jedenfalls geschwächt wirkte). Wir kamen also herrlich an, wie nie, in Dingy! Wir standen aufrecht auf den Steinen, – der Wagen fuhr, der Steigung wegen, so langsam, dass ein Fußgänger Schritt gehalten hätte, – nicht geringe Töne von sich gebend. Wir kamen an wie die Segnenden oder Prediger oder Posaunenbläser oder ins gelobte Land Fahrenden, – der Boden, die Steinladung des Camions, bewegte sich langsam, majestätisch unter uns, wir waren fast wie Götter. Dann hielt man vor der Wirtschaft und wir stiegen herunter. Das alles an einem heißen Mai- oder anfangs Juni-Nachmittag. – Wir tranken unsern obligatorischen Liter, dann fuhren die Leute mit den Steinen weiter und bald darauf verlor *ich* auch Mergault. Ich war ins untere Café hinunter gezogen, zur jungen Madame Paume, und bald darauf sammelte ich, begeisterungsfähig zu einer Menge zu sprechen, wie ich einmal war, sammelte ich scharenweise Kinder. Die Schule war eben aus; ich rangierte sie auf den Bänken des kleinen Cafés, das leergestanden, und hielt ihnen mannigfaltige Reden über das Schulwesen und ihren Lehrer, die ich gern heute wissen möchte. Jedenfalls wusste ich die Kinder zu fesseln – etwa ein Dutzend saßen da, größere und kleinere, sie hatten nicht Angst. Die Schule war eben aus gewesen, als ich, unter der Tür der Wirtschaft stehend, sie hereinlockte, aber es waren auch so winzige unter ihnen, wie sie, schien mir, unmöglich die Schule besuchen konnten. Niemand hatte etwas zu sagen, ich gab ihnen keinen Alkohol, sondern Limonade; den Alkohol trank ich selbst. Kein Erwachsener war zugegen außer der Wirtin, – die durchaus freundlich und angenehm berührt schien – die allein etwas von meinen Reden erzählen könnte, eventuell. – Dann aß ich, in meine Pension zurückgekehrt, Eier in Scharen und bekam nicht genug, die Mère Martinod behauptete, sie hätte keine mehr. Dann erschien ich ohne Hemd – natürlich nicht ohne Hose – zum Abendessen, mich in vorzüglichster Heiterkeit befindend; denn ich war unmerklich, ganz langsam trinkend und immer in voller Betätigung verbleibend in sie hineingeraten; und ich zog ganz neue Gesprächsstoffe in die Unterhaltung hinein, z.B. ohne Umschweife von Bordellen redend; und ich kann sagen, dass, wenn die Leute ehrlich sein wollten, sie gar nicht unzufrieden über die Erweiterung der Gesprächsstoffe waren. – Um welche Stunde ich nach oben stieg, wusste ich später nicht mehr; ich wusste aber, um vier Uhr erwachend, dass ich nicht oder schlecht geschlafen hatte, um ein Uhr erwachte, um zwei Uhr, drei Uhr erwachte und um vier Uhr nicht mehr einschlief: Der Himmel klärte sich, die Türe stand offen, der Berg – immer derselbe Berg, die Felsnadel, welche die Pyramidenform beendigte – war aus wunderbarer, reiner Asche, die Kerze neben mir auf dem Nachttisch flackerte und wollte erlöschen. (Alsdann, von etwa halb fünf bis sieben Uhr – da Leute lebendig wurden – vor der Pension am Tisch auf Kiesplatz geschrieben.) – Aber bleiben wir beim Abendessen: Mergault war nicht da. Mergault war in seinem Zimmer. Erst am folgenden Tag kam er wieder aus seinem Zimmer und erzählte die ungeheuerlichste Geschichte, die ich ihn je habe erzählen hören:

Er sei auf seinem Heimwege von Dingy in eine Schlucht

gestürzt, in einen Abgrund, er hätte Unglück gehabt, er wisse nicht, wie ihm geschehen sei. – Ich muss, zum besseren Verständnis, in Erinnerung rufen, dass wir uns in Dingy getrennt hatten, dass er also allein den Heimweg ausgeführt hatte. Sodann muss ich noch diese Erklärung geben: Die Straße nach Dingy führte von der Pension Martinod an eine mächtige Schleife aus. Man konnte aber auch – und dann ging man erst etwas talabwärts, also in umgekehrter Richtung, nämlich bis zur oft genannten Häusergruppe – auf einem direkteren, wenigstens in Luftlinie kürzeren Weg – nach dem Dörfchen gelangen. Diesen Weg, der bald aus einem breitern, bald schmaleren Pfade bestand, genau zu beschreiben, würde zu weit führen; er führte erst auf dem einen, dann dem andern Ufer des kleinen Wassers, Mélèze genannt, welches aus dem Seiten-Schlucht-Tal kam, hin, manchmal ziemlich hoch über ihm; ein an- und absteigender Weg, der sich dann, gegen Dingy hin, vom Bach weg in die Wiesen hinein verlor und bei den ersten Häusern das Sträßchen wieder erreichte. – In einen Abgrund? – Fürchterlich, fürchterlich, solle er sein Hemd zeigen (er war in Hemdärmeln ausgezogen)? Ganz grün! – Einen Hang, einen Berg hinunter, endlos, sei er gerollt, er konnte nicht anhalten, das endete nicht, von der ganzen Höhe herunter, vom Gipfel bis in die Sohle musste er erst rollen; dieses satanische Bergland! – Aber Mergault, sagte ich, du warst doch nicht, du konntest doch gar nicht auf einem Berge gewesen sein! Bist du denn von Dingy erst aufwärts gestiegen? Du hattest doch schon zu viel in dir! – Weiß ich's? Dieses satanische Bergland! – Hast du doch nichts gebrochen? Keinen ernsten Schaden? – Einen ernsten Schaden schien es nicht zu geben. Aber den ganzen Tag, gegenüber einem immer großen Interesse der Assistenz, – aus unbändiger Heiterkeit und anderseits aus Forschungswillen nach der wahren Begebenheit gemischtem Interesse – erzählte er immer wieder von seinen schrecklichen Erlebnissen, wie unter einem mächtigen Eindruck stehend; etwas musste wohl an der Sache wirkliche Begebenheit sein, denn seine Kleider, besonders das weiße Hemd, zeigten so starke Grasflecken, wie sie nicht von einer leichten Berührung kommen konnten. Aber aus seinen Erzählungen gewann der Vorgang nie eine deutliche Präzision; wandernde Bilder traten hervor und verschwanden, man wusste nie, wo das Geisterreich, das Reich der Visionen eines Berauschten und die Schreckensträume begannen; erst sah man ihn zerschmettert in einem Abgrund zwischen Felsblöcken liegen; an Tannen, an Bäumen zog er sich wieder empor; dann sah man wieder eine entsetzlich lange Halde, Mergault rollte immer, rollte; unten lag er bewusstlos, dann kam er wieder zu sich, schrie um Hilfe, aber keine Menschen waren hier; dann, nachdem er zu sterben gemeint, zog er an *Gräsern* sich wieder empor! Aber, mehrmals fast oben, stürzte er wieder in die Tiefe, fühlte die Ohnmacht immer anwachsen, alle Mittel schwinden. – Aber etwas Wesentliches musste an der Sache doch sein; abgesehen von den Spuren am Gewand wies der Umstand darauf hin, dass Mergault verstört, ohne ein Wort zu sagen, angekommen sogleich in seinem Zimmer verschwunden war, noch früh am Tag, vor oder höchstens zu der Zeit des Abendessens nämlich; er war wohl besoffen gewesen, aber er hatte denen, die ihn sahen, doch einen besonders entsetzenerregenden Eindruck gemacht, zu wenig schwankend, zu bewusst und zu eilig im Verschwinden. – Mit Robert konnte ich am besten Tatsachen auf die Spur kommen, denn Robert wohnte dort, wo der Weg nach Dingy begann, und hatte schon in den Wiesen etwas Merkwürdiges beobachtet; wir gingen hin. An einem mäßig steilen Hang, den der Weg traversierte, war das hohe (man stand kurz vor dem Mähen) Gras an zwei Stellen so niedergelegt, als ob man ein großes Fass vom Weg heruntergerollt hätte. Der Weg war hier breit; der oberste Meter des Wiesenhangs war am steilsten, dann wurde dieser immer weniger steil und ging schließlich in eine ebene Wiese über. Noch vorher hörte die breite Straße der niedergelegten Gräser auf. Wir betrachteten diese aufschlussgebenden Stellen mit Sorgfalt und vielem Gelächter. Unten in der Wiese, wäre auch Mergault dort liegen geblieben, hätte ihm nichts geschehen können. Aber war er nicht anderswo schon gestürzt, dort, wo man nichts sah? Wir gingen bis zur Brücke, etwa hundert Meter von hier, es war ein kleiner Holzsteg ohne Geländer, der über den Mélèze führte, der hier, fast in einer Schlucht fließend, zwischen Bäumen und reich an Steinblöcken, starken Gebirgscharakter hatte; wohl führte er wenig Wasser; aber ein Sturz vom Steg hätte einem Besoffenen doch ohne bösen Zufall das Leben, jedenfalls wegen der Steinblöcke schwere Verletzungen kosten können. – Ohne weitere Aufschlüsse kehrten wir wieder zurück; in der Pension bekamen wir auch keine neuen; das Genaueste, das aus Mergault herauszubringen war, bestand in der Versicherung, dass er sich erinnere, auf der Rückkehr den Weg eingeschlagen zu haben. Aber die Geschichte blieb noch lange in vieler Munde und wenn irgendwo in einer Wiese das Gras niedergelegt war (in dem hohen Gras, jetzt vor der Heuernte, sehr sichtbar, wenn etwa ein Hund sich gewälzt hatte), dann redete man scherzweise von Mergault.

Und in solcher Farbigkeit ging das Leben weiter.

Dunklere Seite

Aber unrichtig wäre, in dieser Farbigkeit das Ganze sehen zu wollen, es gab auch dunklere Seiten, die ich nicht genug hervorgehoben habe. Jeden Morgen fast ging Mergault – die große Sau – mit dem Eimer zum Abort. Was für eine Sau er war, muss ich erst etwas hervorheben: Fast immer, wenn er besoffen war, aß er, Gott weiß, warum, Eier, und zwar flüssige Eier; immer aber kamen diese Eier, ganz unbekümmert darum, ob Mergault noch mit den Leuten im Gespräch oder, den Kopf etwas geneigt, schon dem Einschlafen nahe war, aus dem Munde langsam wieder retour: in einem dünnen Bächlein flossen sie erst über das Kinn auf die Brust, dann von Terrasse zu Terrasse der Kleiderfalten – wie im Gebirge die Bäche – weiter herunter, sich manchmal zu einer größeren Masse sammelnd. Ich hatte diesen Retourlauf der Eier, eine ihm eigene Erscheinung, schon in Paris in der *Coupole* beobachtet: Er saß und schlief, das Gesicht sah wie das einer Leiche aus, nur aus dem Mund heraus bewegte es sich, das träge gelbe Bächlein, von dem man schon mannigfache Effekte auf der Kleidung sah. Ich verstehe noch heute nicht, warum man ihn nicht hinausgestellt hat; manche Gäste kamen und prallten, gepackt von Horror, förmlich zurück vor dem Anblick. Ich hatte den Anblick in Dingy wieder, aus nächster Nähe. Wenn ich ihn hart und roh anbrüllte: »Mergault! schau mal da!« fuhr er ärgerlich (denn es gab nichts anderes), vielmehr, wütend, ein- oder zweimal mit dem Ärmel drüber und die Dinge verblieben in dem wenig und vor allem nicht sehr günstig veränderten Zustand, der dadurch geschaffen wurde. Welches Grauen konnte mich manchmal packen, mit einem derartigen Menschen an einem Tische essen zu müssen; ich spreche nun nicht davon, dass er beim Sprechen immer spie (ich schaute immer, dass ich beim Essen nicht zu nahe und vor allem nicht gegenüber zu sitzen kam) und dass er fast immer, so wie er etwas getrunken hatte, dicken Schaum, wie Seifenschaum zum Rasieren, wie ein Pferd, auf den Lippen hatte; denn das war noch das geringere Entsetzen, man gewöhnte sich eher daran als an den Retourlauf der Eier und man hatte ein gewisses Nachsehen seiner Krankheit wegen, die immer wieder machte, dass er von heftigen Hustenanfällen geschüttelt wurde. (Und dann, oft eingeleitet von solchem Hustenanfall, der ihn rot und blau im Gesicht werden ließ, folgte das Kotzen; er ging hinaus, man hörte ihn aber von weit her stöhnen, ja, röcheln, sodass die Landbewohner einmal ganz still, erschreckt werden konnten: Wie kann der krank sein, so sehr, auf einmal…! – Ich habe hervorgehoben, was für eine Sau er war: Und wenn er demnach fast jeden Morgen mit dem Eimer zum Abort schlich, seiner Trägheit zum Trotz (der Abort befand sich am Ende des Umgangs, eigentlich in der Scheune, obwohl vom Umlauf aus zugänglich; Mergault musste also vor meiner Zimmertür vorbei), so geschah das sicherlich nicht aus Reinlichkeit, aus Delikatesse; nein, es war nicht Reinlichkeit, aber dieses übermächtige Verlangen in ihm: Die Spuren seiner Krankheit zu tilgen, das um jeden Preis! Soviel als Antönung an das Dunkle: Wie Mergault den Eimer, in den er sich übergeben hatte, zum Aborte trug, die Spur zu tilgen, vor den andern, vor sich, vor allen, wahrscheinlich auch vor dem Auge der Wahrheit, die Spur dieser andern Seite, der Kehrseite des Kraftprotzens der Tage, des Überschäumens der seelischen Energien – während sich für mich dunklere Wolken, die eigentlich nur den Namen »unangenehm« verdienen, erst gegen Ende des Aufenthaltes zusammenzogen.

Exposition

Ich übergehe meine Fahrten nach Annecy, Erheiterungen, die sich dort, bei »Rosset«, einstellten, Rückfahrten oder -wanderungen aus Annecy, mancherlei Ereignisse oder Genrebildchen, die dem Geist nach viel mit schon geschilderten gemein haben; das Vorsichgehen meiner Arbeiten übergehe ich ebenfalls; ich übergehe die nach Beendigung meiner Novelle einsetzende andere Art von Arbeit, innere Umwälzungen und Nöte; nur in der Art einer Evokation erwähne ich jenen Abend im Juni, da ich zwei junge Leute in die Berge hineinschreiten sah, was mir Berge vorzauberte, in die ich einst hineingeschritten und von denen ich gemeint, dass sie nie endeten ...; und ebenso berichte ich nicht ausführlicher von meinen zwei Bergbesteigungen, die Mitte und Ende Juni stattfanden: Denn all dies gehört erstens einmal nicht in den Stoffkreis hinein, den ich hier zu durchmessen mir vorgenommen habe; die »vorletzte Station« war ja nicht *meine* vorletzte Station, den noch einige andere erwarteten, sondern Mergaults; und zweitens sind es Dinge, die zur Charakterisierung des Ortes nicht unbedingt notwendig schienen (etwa die Bergbesteigungen), oder schon in andern enthalten waren (mein Heimweg vom Col de Bluffy z.B.). – Einige scheinbar geringfügige Détails muss ich doch noch, ehe ich die Geschichte des Aufenthalts in strenger zeitlicher Folge weiter und zu Ende führe, vor den Augen entrollen, da sie mir für die Lebendigkeit oder Belebtheit des Ortes gar nicht geringfügig, sondern höchst wesentlich erscheinen. Vorerst gilt die Evokation Ponette.

Ponette

Ponette war der größere der beiden Hunde der Pension (der kleinere, schwarz, langhaarig, unermüdlich, blöd und der Liebling Maries, war völlig unbedeutend). Eine Hündin, der Körper dick, das kurzhaarige braune Fell eher hässlich als schön, die Füße schlank, der Kopf, im Gegensatz zum Körper, auffallend fein. Eine Art Schäferhund, aber ganz das Gegenteil von den deutschen Schäferhunden oder Wolfshunden, jenen schulmeisterlich oberflächlichen, das Auge aller Bürger (besonders Apotheker & dergleichen) erfreuenden in ihrem äußerlich vollkommenen korrekten, phantasielosen Zuschnitt, jener ekelhaften Geschöpfe, an denen alles entweder Fassade oder Gelehrigkeit, nichts seelische Substanz ist (sie sind die evangelische Geistlichkeit unter den Hunden). Sie eignen sich gut zu Dienern der Polizei und außerdem sind sie der Stolz stattlicher, über vierzigjähriger, sehr oberflächlicher Weiber, die keinen Mann mehr finden. – Ponette war nicht so schön, und ich weiß nicht, wo sie wohnte ...; sicher wäre sie nie ein guter Diener der Polizei geworden. Sie trug andere Erkenntnisse des Raumes in sich, Grenzen, die sich nicht mehr verwischen ließen, das Exekutive mit seinen Anmaßungen hatte bei ihr weit draußen nur, in der Ferne irgendwo, einen Platz. Sie war, wie man sagen könnte, ein schlechter Hund, aber gerade darum ist sie mir zu einer Begegnung unter dem widerwärtigen Geschlecht der Köter (die Bernhardiner ausgenommen) geworden; sie war quasi über es hinausgewachsen. – Im Flussgebiet, unter großen Blättern schnüffelnd, kam das Tier mir nach, als ich es kaum kannte und als ich hier rekognoszieren ging, durch Steinwüsten, Staudenwälder etc. den Windungen des flachen Flusses entlang. Mit großer Freude sprang das Tier mir entgegen, als es mich endlich gefunden, und ich war erst beinahe erschrocken, alles andere als diesen Besuch erwartend, in der öden Gegend, durch die ich streifte. – Sodann aber sah ich, dass er auch Mergault nachging, wenn dieser nach Dingy hinaufzog; Mergault oder ich oder beide saßen bei Madame Paume, nach einer halben Stunde traf auf einmal Ponette ein; sie setzte sich, müde von dem langen Lauf in der Hitze, sehr zufrieden über das Resultat, unter den Tisch. – Eine Zeit zeigte sie beiden etwa gleiche Sympathien, dann aber begann die meinige entschieden überzuwiegen, wahrscheinlich, weil ich mich mehr mit dem Tier beschäftigte, und Mergault wurde ihm fast gleichgültig. – Mergault ging nämlich ein Gefühl für Tiere ab (was wir schon bei den Ameisen gesehen haben, die er ohne Grausamkeit totschlug);

er begnügte sich, irgendwelche intellektuelle Bemerkungen über sie zu machen, er kam nicht weiter, die Sache war damit für ihn erschöpft und keines Interesses mehr würdig. Die Pflanzen? Er trug zwar fast immer eine Blume im Knopfloch (auch im Montparnasse, Gott weiß, wo er sie immer her hatte); aber das deutete doch kein direktes Verhältnis an, die Pflanzen waren ihm eben Toilettengegenstände: Mergault ging in der ganzen Natur umher wie ein Gestorbener, ein Verkohlter, ihr gegenüber. Er sagte zwar wohl: »jener Berg ist rot«, »welch seltsame Beleuchtung«. Dass ein Tal nur grün sei, das Grün selbst, fand er dumm. Dass ein Hund nur Tier sei, das Tier selbst, fand er dumm; es müsste etwas Besonderes haben, etwas Witziges, eine zeichnerisch interessante Ecke oder dergleichen (So hatte er bei Ponette anfangs die Schmalheit des Kopfs im Gegensatz zur Dicke des Leibs hervorgehoben; aber damit war die Sache erledigt.): Deutliches Merkmal der Menschen, die keine direkte Beziehung zur Natur haben. »Eine Maus?« sagen solche, nun ja eine Maus! Eben eine Maus, sie zucken die Achseln und können nichts weiter daran finden. Wer aber wahre Beziehung zu der Tierwelt hat, wird eine Maus achten, weil es ein kleines, gutes Tier ist, ein Tier in Nöten – ganz abgesehen davon, ob es interessante Formen habe. Wer die Rennpferde liebt, tut damit keine Beziehung zur Natur dar; es kann ja aus ästhetischem Grund sein; wer die Vögel liebt, hat vielleicht nur einen Vogel im Kopf. Wer fette Kühe liebt, ist vielleicht nur ein Metzger und prüft sie auf ihren Schlachtwert. Anderes ist das Gewimmel der *kleinen* Tiere, die da durcheinander gehn. Irgendein Pferd! Die Tiere auf den Wiesen, auf den Bergen! Maximale Zuwendung zu den Tieren zeigte W., der in besoffenem Zustand eine Fliege sorgfältig aus dem Bierglas rette. So ein Verhalten wäre bei Mergault undenkbar gewesen; er hätte jedes kleine Tier vernichtet, nicht aus Grausamkeit, aber einfach aus Gefühllosigkeit. Gewaltig war die Naturbeziehung bei van Gogh, der nicht nur Zypressen, hohe, seltene Bäume, geliebt hat: Eine Wiese, *stofflich*, – nichts weiter als eine Wiese mit Unkraut und Gras – war ihm bedeutungsvoll genug. – Nach diesen zwei Abschweifungen über die Wolfshunde (die mir weit widerlicher noch sind als die Rennpferde – denn diese haben wenigstens noch die Grandiosität der Eleganz und zweitens haben sie vom wirklichen *Pferd* noch einige Eigenschaften –) und über die Beziehung des Menschen zur Natur (nicht in wertschätzendem Sinne gemeint, nur charakterisierend) fahre ich fort über Ponette: Sie folgte mir, wenn ich baden ging im Fier, auch wenn sie mich nicht weggehn sah vom Hause, auf einmal war sie da und blieb, zufrieden, bis ich zurückkehrte. Einmal als ich nach Annecy ging, sah ich ihn auf einmal hinter mir, als ich fast die Brücke erreicht hatte; er war meiner Spur gefolgt. Als das Auto wegfuhr von der Haltestelle, wo ich eingekehrt war und den Hund vergessen hatte (ich dachte, er würde schon nach Hause gehn), war er noch da und begann zu laufen. Das Auto (ein geschlossener Kasten) fuhr auf der breiten Bergstraße in der Hitze, der Hund hinterher rannte, rannte, in einer dichten Staubwolke, die ihn manchmal verdeckte. (Dabei fiel ihm das Laufen sehr schwer infolge des Gewichts seines Rumpfs.) Nach Bogen der Straße, hinter denen er verschwand, sah ich ihn immer wieder, schon in größerer Entfernung, auftauchen, immer noch rennend in einer Staubwolke. Nichts war dagegen zu tun von meiner Stelle aus! Endlich sah ich die Straße dauernd leer. Der nächste Halt fand erst nach Kilometern statt. Ich erinnerte mich besonders, wie er, als wir beim »Bahnhof« angekommen, sich, seiner Sitte gemäß (in jedem Wasser tat er das, seit der Sommer begonnen) in einen kleinen Bach gelegt, sich zu kühlen, mich, während er unbeweglich mit dem Bauch im Wasser lag, freundlich anschauend. – Er schaute mich sehr freundlich an, aber er hatte etwas durchaus Unaufdringliches in seiner Zärtlichkeit. Durch eine Kleinigkeit war er manchmal verletzbar, tagelang die Folgen zeigend; er war dann nicht etwa trotzig, sondern kummervoll, von tiefer Trauer. Wichtig ist, dazu zu sagen, dass er, genauer sie, die Hündin, kastriert worden war. Normal war sie nicht, von höchster Empfindsamkeit, ganz anders als die Hunde; manchmal wollte sie nicht in mein Zimmer eintreten, seit Stunden davor liegend, und da war nichts zu machen, ich hätte sie geschlagen, sie wäre doch nicht gekommen. Manchmal wurden ihr die Sinne verwirrt und sie suchte einen Ausgang. Dann kam sie in sonderbare Regionen. Sie war ein Bild großen, ja, unerhört großen Schmerzes, aber exhibitionistisch. Gerade wachsam, ihre Stelle erfüllend, war sie nicht; sie zeigte sonderbare Bevorzugungen; aber sie revoltierte auch gegen keine Ordnung. Ihre Meisterin, Madame Martinod, liebte sie nicht, – wie hätte es auch anders sein können! – Als ich auf den Parmelan stieg (den Aussichtsberg der Gegend, ca. 1900 Meter hoch, ein Weg führt hinauf; auf die zweite Besteigung konnte ich den Hund nicht mitnehmen, da es über Felsen ging; um ein Nachkommen zu verhindern, musste ich besondere Vorkehrungen treffen), aufbrechend um dreieinhalb Uhr nachts, kam sie mit (ich schickte sie zurück, sie kam wieder), machte mit mir die ganze Besteigung, glücklich, wenn ich rastete, wenn ich mit ihr sprach oder wenn ich weiterging. Auf dem Abstieg führte der Weg – hier sehr breit, ein erstklassischer Maultierweg – durch mächtigen Wald und auf einmal kamen uns eine Anzahl Kühe entgegen, die ihre Weide wechselten, von mehreren Menschen begleitet, immer eine Kuh, ein Mensch, eine Kuh, ein Mensch. Ponette schaute und ehe ich etwas Derartiges erwarten konnte, tat sie einen Sprung, hinunter vom Weg (der hier horizontal verlief und so breit war, dass zwei Kühe ruhig hätten nebeneinander passieren können) in den steilen Bergwald, in dem hier massenhaft die in solchen Bergregionen wachsenden – auch in Flussgebieten anzutreffenden – an Rhabarber erinnernden Kräuter mit langen Stengeln und ungeheuren, saftigen Blättern standen (man trifft sie oder eine ähnliche Sorte in der Schweiz fast vor jeder Alphütte). Die Blätter, wie Schirme, und dicht nebeneinander stehend, waren höher als der Hund, der folglich verschwand unter ihnen; sie bewegten sich nur da, wo er sich bewegte und bei genauem Zusehn gewahrte man seine Schnauze, seine spähenden Augen, die nach den Kühen ausschauten, die ihm ein wahres Entsetzen, nur das ist das Wort, eingejagt hatten. Er kam erst längere Zeit nach ihrer Passage, und noch sehr mitgenommen, wieder hervor, sich dauernd nochmals vergewissernd, ob sie wirklich verschwunden wären. Die Seltsamkeit des Vorgangs wird erst dann richtig bewusst, wenn man überlegt, dass es erstens sich um eine Rasse von Schäferhunden handelte (wie sie überall in den französischen Alpen zum Hüten der Kühe verwendet werden) und dass zweitens Ponette, die frei um das Haus streifte, jeden Tag genug Kühe zu Gesicht bekam, besonders weil zum Schmied, einem vagen Verwandten der Madame Martinod, der in unserm Hause wohnte, in der der Scheune entgegengesetzten Extremität, und dessen Werkstätte sich nach der Straße öffnete (neben dem Eingang der Caféräume), weil zum Schmied immer welche (vorwiegend Ochsen) zum Beschlagen geführt wurden. – Ponette. (Als ich einmal in Annecy blieb, suchte sie mich überall und war ganz krank.)

Zimmerwechsel

Bevor ich zu einem zweiten solchen Détail – dem Intermezzo des Automobilchens – übergehe, muss ich eine Veränderung erwähnen, die anfangs Juni, also zwei oder drei Wochen nach meiner Ankunft eintrat: ich zog in ein anderes Zimmer. Ja, so lange hatte ich es neben Mergault ausgehalten! Aber endlich machte er wieder einmal einen gewaltigen Skandal, der allerdings durch einen halb irrsinnigen Italiener ausgelöst worden war, mit der Mère Martinod und nahm mir den ganzen Arbeitsabend. Nicht genug, am folgenden Tag wurde er für mich so belästigend, dass ich ans Abreisen dachte (ich konnte mit Mergault gut umgehn, wenn ich mit ihm ausziehn, trinken wollte; im allgemeinen wenigstens; aber er verstand nicht, selber nie etwas anderes tuend, dass ich, wenn ich arbeitete, ihn nicht brauchen konnte, dass mir gleichviel welche Phantastereien, mit denen er in mein Zimmer eindrang, das leider neben dem seinigen lag, widerlich waren). Denn wenn das Arbeiten direkt und spontan und völlig durch äußere Umstände verhindert wurde, so gab es nur eines, so es möglich war, abreisen. Zudem fühlte ich ohnehin schon das schlechte Zimmer, von dem ich früher genügend gesprochen, als nicht sehr förderlich für mein Arbeiten. Folglich ging ich zur Mère Martinod und sagte ihr direkt heraus, – wie es sich auch in Wirklichkeit verhielt – dass ich, falls sie kein anderes Zimmer für mich hätte, erstens ein Zimmer fern von Mergault, zweitens ein größeres, verschließbares und wenn möglich mit Fenster, dass ich mich dann genötigt sehe, abzureisen, da an kein Arbeiten mehr zu denken sei. Daraufhin machte sie keine langen Schwierigkeiten, am selben Tage war ich umgezogen (Marie half) und wohnte nunmehr (zum selben Preis) in einem großen Zimmer, das auch auf einen Umgang ging, nämlich einen breiten, alten, hölzernen, mit wilden Reben umrankten, der über den Eingängen der kleinen Caféräume und der Schmiede hinführte; ein Zimmer, das also im Hauptflügel des Hauses lag und auch auf die Straße ging. Da wohnte ich von nun an, ganz fern von Mergault, der sich abends, als er die Veränderung sah, sehr ärgerte, besonders, weil er angeblich nie ein besseres Zimmer hätte bekommen können. – Ca. am zweiten Tag, am Nachmittag, als ich mich eben schwer hingesetzt, eine Flasche Wein neben mir, und alle Anstalten zum Arbeiten getroffen hatte, erschien er, ich hörte zögernde Schritte, die nur von ihm kommen konnten, auf dem hölzernen Umgang und dann trat er durch die offene Tür herein, die Aussicht auf Himmel und Wälder nehmend mit seiner lebendigen Erscheinung. – Ich machte das mürrischste Gesicht.

Vielleicht reizte ihn das gerade und hätte ich anders verfahren sollen; wenn er auch kaum brutal werden konnte, war er doch nicht immer frei von Bosheit. »Tu travailles?« begann er in einem unschuldig gedehnten Ton, den ich heute noch höre. Ich antwortete wie ein Höllengewitter – mit Essig und Pfeffer und Salz, und das war wohl wieder ein Fehler von mir. Ich sagte: Wie ein Gewitter, aber Worte sagte ich eigentlich noch nicht viele, nur »Du siehst doch!«, allerdings in besonderem Ton. – Hm, ja, jaa, hm, ich störe nicht, sagte er noch viel unschuldiger, aber das Malefizteufelchen wäre jetzt schon jedem Kinde sichtbar geworden; die Energien eines ganzen Nachmittags voll Langeweile bildeten nur einen Teil der Heerscharen, die hinter Mergault standen, als er da eintrat. Auf einmal erblickte er die Weinflasche. Hm, du hast Wein da? Natürlich! donnerte ich. Dann bat er um ein Glas. Ich dachte, das sei die einfachste Art, ihn bald loszubekommen, und schenkte ihm rasch ein. Während er trank und sich in absichtlich etwas idiotischer Art im Zimmer umschaute, versuchte ich vergeblich, meine Geister auf die zu beginnende Arbeit zu konzentrieren. – Na, da hast du ja ein viel schöneres Zimmer, sagte er und trank aus. Dann schenkte er sich wieder ein: Noch einen kleinen Schluck, sagte er, und dann geh ich; ich lasse dich arbeiten! – Aber er ging nicht, er trank weiter und wurde rasch belebter – der Volkslegende zum Trotz, die will, dass Gewohnheitstrinker sehr viel zu sich nehmen müssen, um berauscht zu werden. In Wirklichkeit verhält es sich eben, wie mit so vielen Volkslegenden, ein bisschen anders, nämlich gerade umgekehrt: wahr ist wohl, dass, wenn es auf Tod und Leben ginge, Gewohnheitstrinker eine viel größere Menge zu ertragen vermöchten, als andere; was aber den Effekt der Berauschung betrifft, so tritt er normalerweise bei Gewohnheitstrinkern ungleich rascher ein, als bei Leuten, die selten trinken. Jede ernsthafte Beobachtung wird das lehren. – Vergeblich suchte ich ihm, mich möglichst zusammennehmend, auf die vernünftigste Weise klar zu machen, wie meine Lage wäre. Er trank weiter und lärmte und als die Flasche bald zu Ende war, brachte ich ihn wohl hinaus, aber mit der Arbeit war es auch zu Ende. Da kam ich erst in eine rechte Wut hinein, die von fünf Minuten zu fünf Minuten wuchs; ich war es nun, der unten lärmen ging. Ich wurde vor allem von dem Gedanken geleitet, dass es gleich anfangs entschieden zu handeln galt – weshalb war ich denn umgezogen? Ich erklärte mit genügendem Nachdruck und so, dass es auch Madame Martinod richtig verstand, dass ich kein Café führe in meinem Zimmer, dass ich schon herunterkomme, wenn ich Gesellschaft wünsche, und dass ich keinen, absolut keinen Besuch in meinem Zimmer vertrage, es sei denn einen, den ich mir selber heraufhole. – Mergault ist dann, glaube ich, auch nicht ein einziges Mal mehr in meinem Zimmer erschienen.

Das Automobilchen

Was nun das Automobilchen betrifft, so handelt es sich nicht etwa um jenes, von dem früher die Rede war, mit dem die zwei unklaren Männer in Annecy im Land herumfuhren, sondern um eines, das sich da befand, wo man niemals eines vermutet hätte, obwohl man eigentlich Stücke davon hervorragen sah: aus dem schon erwähnten Trümmer-,

Schutt- und Utensilienhaufen in der Scheune der Mère Martinod nämlich. Mein Gott, man sieht da und dort die Leiche oder Teile der Leiche eines Automobiles herumliegen, ohne deswegen auf den Gedanken zu kommen, dass der Besitzer Automobilist werden wolle. Das Automobilchen, von dem die Rede ist, war ein ganz kleines Ding. Hühner flatterten darauf herum, Tauben nisteten, glaube ich, und verrichteten jedenfalls ihre Bedürfnisse, Schutt, Gips, Stroh, Kisten und tausenderlei Geräte machten den Charakter des Haufens – dass es nämlich ein Automobilchen sein sollte – wie ich schon gesagt habe, auf den ersten Blick sehr unentschieden. Madame Martinod wurde nun dieses Jahr so was wie acht- oder neunundsechzig, jedenfalls war sie nahe den Siebzig. Sie war eine rüstige Frau, allerdings, aber niemand wäre auf den Gedanken gekommen, dass sie noch Automobilistin zu werden beabsichtigte. Als ich sie deshalb einmal von Automobilfahren reden hörte, dunkle Dinge, wie »Die Bremse, nur die Bremse noch mit dem Fuß, da muss sie noch üben, das Lenken und die Geschwindigkeiten, das sitzt schon eher im Kopf«, da nahm ich die Sache nicht sehr wichtig, dachte, etwas unklar gehört zu haben und studierte nicht weiter darüber. Mit Unrecht. Denn der Briefträger von Dingy kam und machte sich öfters in der Scheune zu schaffen, hatte auch viele mysteriöse Unterredungen mit Madame Martinod. Dieser Briefträger war ein auffallender Briefträger, er hatte etwas viel zu Egoistisches, und Apothekerartiges. (Die Briefträger sind im allgemeinen gut und dumm. Der eine ist sehr gut, der andere sehr dumm. Die Briefträger gleichen in der ganzen Welt etwas den Holländern. Sie sind im allgemeinen wertvolle Menschen im Unterschied zu den Angestellten des Postbüros, welche abominable Schufte sind.) Dieser Briefträger hatte etwas hämisch Verschlossenes, die Art der körperlich *kleinen* Apotheker und gewisser Schulmeister. Er redete nicht von dem, was er da machte, aber wenn er mit Madame Martinod sprach, sah man, dass er sehr vielfältig sich auszudrücken und sehr heftig in gewisser Richtung zu reden wusste; er war auch einer von den wenigen, die nie auf Mergaults Attrappen hereinfielen, denen Mergault nie den mindesten Eindruck machen konnte. – Er arbeitete in der Scheune, er goss Öl hin, goss Benzin hinein, nahm Kisten, Federn, ich glaube auch die Leiche eines vor langer Zeit verstorbenen Huhnes weg, kam endlich mit einer Pumpe und begann Luft in Dinge hineinzupumpen, von denen man nie vermutet hätte, dass sie Luft aufnehmen könnten, ließ endlich einmal die Scheune weit öffnen und stieß mit der einen Hand ein Automobilchen aus der Scheune hervor, das nun auf dem Kiesplatz stand und dessen Motor sich, Gott im Himmel! auf einmal in Bewegung setzen ließ. Es knatterte. Seltsam zwar, aber es knatterte. Man fuhr noch nicht damit, man stieß es wieder in die Scheune hinein, aber der Briefträger sollte bald wieder kommen und die ganze Sache hatte nun auf einmal ein merklich ernstes, sagen wir für Leute wie Marie, die an diesem Tag manch staunenden Moment hatte, ein riesengroßes Gesicht bekommen. Die kühne Alte aber, die Gewaltige, mit dem messerscharfen Gesichtsausdruck, hüllte sich in kühles, triumphierendes Schweigen (so im Sinne: »Seht nur … staunt … Für mich ist das nichts Besonderes und ihr werdet schon noch sehen …«) – Dann redete sie aber doch; an einem Sonntag, da viele Ausflügler aus Annecy kamen, hatte sie sich mit besonderer Hinwendung an einem Tisch zu schaffen gemacht, lange Gespräche pflegend; der Herr, erzählte sie nun, werde ihr die Fahrbewilligung..., oder: habe gesagt, die Sache sei leicht zu machen – oder irgendetwas Derartiges; ich habe den wahren Sachverhalt nie genau erfahren können. Besaß sie schon, oder besaß der Briefträger eine Fahrbewilligung, wusste sie oder der Briefträger ein Automobil zu lenken? Ich bin nie ganz ins Reine gekommen darüber. Das einzige, was ich klar erkannt habe, ist die Notwendigkeit *beider* Personen, des Briefträgers und Madame Martinods, bei den Evolutionen des Automobilchens. – Mergault, immer gierig nach allen Aktualitäten, begann die Sache schon aufzugreifen (ihm waren zehn Aktualitäten ebenso viele Macht-, besser Existenz-Mittel). Also es wurde Ernst, und die Spannung wuchs. Wenn das Ding wirklich ausgeführt werden sollte, konnte man denn damit fahren? und wer würde lenken? Madame Martinod? – Aber Genaues über die Teilnahme des Briefträgers und Madame Martinods wusste auch Mergault nicht zu sagen; natürlich, er »wusste« die Dinge, d. h. er redete mit Bestimmtheit in einer Richtung, aber er widersprach sich nach einiger Zeit. Klar wies er die Interessen des Briefträgers nach: der spekuliere auf eine baldige Abkürzung seiner Fußwanderungen; er sei nicht dumm, der Mann, da wolle er den kleinen Dienst der Madame Martinod schon leisten. – Eines Tages war aller Spaß zu Ende. Der Briefträger erschien im Sonntagsanzug, kurz nach dem Mittagessen. Madame Martinod zeigte bei aller Beherrschung eine Aufgeregtheit, eine höhere Stimmung. Sie lief rascher umher, auch sie war in Sonntagskleidung; wie immer, wenn sie wegen Kommissionen nach Annecy fuhr, das wäre schließlich nichts Besonderes gewesen. Aber heute fuhr man eben mit dem eigenen Auto! – Ich nehme an, dass keiner es glaubte, ehe er's sah. – Wahrhaftig, da ging der Briefträger und öffnete das Scheunentor. Aber würde denn das Auto fahren können? Zu stoßen war es nicht schwer, zugegeben, aber ob es selber, mit seinem Motor, weitertrieb? Der Briefträger schaute fast niemanden an; er hatte etwas Napoleonisches. Café verweigerte er; und es sah fast aus, als ob er Madame Martinod befehle. – Ein Einbrecher wäre nun ins Haus gedrungen, niemand hätte ihn bemerkt. Wären Kunden gekommen, Marie hätte sie gewiss nicht bedient, sie hätten zehnmal ihre Getränke bestellen müssen – wenn sie nicht ihren Durst verloren und sich auch vor das Haus zu denen gestellt hätten, die schauten, was da vorgehe. Der Briefträger kurbelte an. Madame Martinod schaute mit gesteigertem Wesen und doch mit der Sehschärfe von jemandem, der *lenkt*; sie war überhaupt nicht die Frau, den Kopf zu verlieren; etwas Kaltes blieb ihr in allen Lagen. – Er kurbelte mehrmals an, aber es ging nicht; das verwunderte aber niemand. Ihn auch nicht, denn in sehr sicherem Ton verlangte er etwas, was man ihm sofort brachte, Marie und Robert liefen um die Wette. Man kurbelte weiter an und es entstand ein dünner Lärm – wie von einem Motor. – Himmelsakrament! fluchte leise Mergault, der dabei stand und seine Gleichgültigkeit, seine Verachtung zeigen wollte, was ihm schon darum nicht gelang, weil niemand auf ihn achtete, was ihn wiederum ärgerte. – Der dünne und unregelmäßige Lärm blieb. »'s ist gut« sagte trocken der Briefträger. »Kann man einsteigen?« sagte Madame Martinod. – Der

Briefträger brummte; es handelte sich darum, das Ding erst etwas mehr auf die Straße zu stoßen, da er nicht ganz sicher war, ob es sich sonst in die richtige Fahrlinie hinein lege. Sofort griffen fünfmal zu viel Hände zu. Mergault stieß abermals einen leisen Fluch aus und machte Anstalten wegzugehn, d. h., er drehte sich halb und bewegte sich um zwei Schritte, aber er ging absolut nicht weg. – Nun begann das Einsteigen. Marie konnte sich nicht mehr halten und, abgewendet, kämpfte sie mit einem löwenartig in ihr hochsteigenden Lachen. Es war nicht so ganz leicht, Madame Martinod da drin unterzubringen; der Spektakel erinnerte etwa daran, wie man ein in enge schwarze Kleider geschnürtes Vogelbiest in eine zu kleine Zigarrenkiste pressen würde. – Ernst wie ein Pfahl saß der kleine Briefträger daneben (wenigstens war eine Frage gelöst: Der Briefträger saß beim Lenkrad. Also doch, immerhin...) Reizend nahmen sich vor allem in der Rückansicht die beiden Köpfe aus; die eng aneinandergepressten Leiber! das Gefieder sträußte sich etwas über das Kistchen hinaus. – »Marie, – – –« rief mit ihrer rauen Stimme Madame Martinod, und gab irgendeinen Befehl, eine terminale Verordnung für das Verhalten während ihrer Abwesenheit; und Marie reagierte sehr beflissen, gleichsam tausendfältig verehrender, liebevoller eingestellt gegenüber ihrer Meisterin. Der Briefträger grüßte nicht, er manipulierte langsam auf seinem Führersitz; und auf einmal begann sich das Ding in Bewegung zu setzen und schlug die Straße ein, ganz sachte und wie am Schnürchen gezogen, tráratáratáratátata, die großen Gräser nickten liebevoll vom Straßenrand; der Schwanzteil des Dings (dem Schwanzteil eines kleinen Bootes gleichend), den man aufschlagen und in dem man einen Korb unterbringen konnte (war doch die wirkliche Bestimmung des ganzes Dings, die Kommissionen in Annecy zu erleichtern … dass Madame Martinod nicht immer auf den Autobus warten müsste), streckte uns niedlich die Spitze entgegen, gleichsam ein unser spottender Schwanz der vereinigten zwei Personen. Keiner der Davonfahrenden schaute zurück. Das Gefährt entfernte sich, so ungefähr einer automatischen Maus gleichend, langsam, aber es entschwand dann doch. Mergault schaute höhnisch drein und suchte nach einem Sarkasmus, ungefähr wie damals, als ich die Ziege ins Esszimmer geführt hatte. Robert und Marie schauten sich an und – übergaben sich gleichermaßen an unbändigem Gelächter (als ob endlich doch Seelenharmonie eingetreten wäre); dann setzte Marie mit einem Sprung ins Haus hinein.

Viel mehr Spannung bestand unter der Assistenz am Abend. Zeitig war die Frau des Briefträgers mit einer Anzahl Kinder aus Dingy heruntergekommen. Aber die Essenszeit rückte immer näher an und noch war kein Gefährt in Sicht, kein noch so fernes und leises Geknatter ertönte. Die Briefträgersfrau ging wieder davon, sich tröstend, der Mann werde ja schon kommen. Mergault begann sachte von Unglücksfällen zu erzählen. Marie wurde so aufgeregt, wie ich sie nie gesehen hatte und redete dauernd von ihrer Suppe: Die Suppe sei da, sei fertig, aber sie könne doch nicht ohne Madame Martinod servieren! Das hätte sie nie gemacht, sie wisse nicht, wie! Mergault verhöhnte sie, ihre Stimme nachahmend. Dann begann Mergault mehr und mehr Verwünschungen auszustoßen – als ob er der pünktlichste Mann wäre – weil man immer noch nicht essen könne. Ein Tag! Eine Einrichtung! Haha! Haha! Redete er, das Gesicht in siebzehn saure, leidende Falten ziehend (er war an diesem Abend nicht besoffen). Er kam und ging, ins Haus hinein und auf die Straße (darin glich er aber allen andern), alle fünf Minuten nach der Uhr sehend. Normalerweise hatte man um sieben gegessen, jetzt wurde es acht Uhr, es ging gegen neun Uhr – und noch kein Ton, nichts, die Stille der Felder. Die Briefträgersfrau erschien wieder mit ihren Kindern, jetzt schon sehr entsetzt, jammernd. Die Kinder weinten und hielten sich an ihrer Schürze. Mergault rüstete sich zum voraus, jeder möglichen Lage ein Gewachsener zu sein, redete teils vom Unglücksfall, teils von Tollheit. – Auf einmal hörte man was – wer es zuerst gehört, wäre schwer zu sagen – es ging gegen neun Uhr. Marie schrie, sobald sie etwas vernommen, wie eine Mörderin: »Monsieur Mergault!!! Robert!!! sie kommen!!!« (wobei diese andern sicherlich vor ihr auf dem Laufenden waren), aber fast im selben Moment sah man schon bei der Häusergruppe das Gefährt erscheinen (der Ton hatte nicht weit getragen), so sachte, so unschuldig, so lebendig einherfahrend, als ob es eben noch an jener Stelle verschwunden wäre; nur etwas rascher, als ob es sich ganz leicht belebt habe, fuhr es. Als ob etwas mit ihm durchgehe, fuhr das Ding – wie im Traum, wie ein Traumgefährt. Aber das Ungeheuerlichste – Marie schrie wieder mörderisch, als sie es gewahrte: »Madame Martinod lenkt!!!« – und wirklich konstatierten wir das alle. Der Briefträger sah ihr zwar scharf auf die Hände, sehr scharf, das sahen wir auch. Und in dem Momente geschah der so sehr uns vorschwebende Unglücksfall: Mit einem plötzlichen Ruck bog das Gefährt ab von der Straße und schon sahen wir es, wie die gestürzten Insaßen in einem Kartoffelfeld liegen; doch nein, die Augen belehrten uns, dass es doch nicht so weit gekommen war, es hatte nur einen scharfen Bogen bis hart an den Straßenrand getan und fuhr, wie durch ein Wunder gerettet, wieder gerade weiter, indem der Briefträger und Madame Martinod nun das Lenkrad gemeinsam hielten. Mit Beschleunigung, alle Kräfte zusammennehmend fuhr es gegen den Kiesplatz; der Motor hörte auf zu laufen, noch ehe es stillstand; und da stand es, halb auf der Straße, halb auf dem Kiesplatz. In das allgemeine Schweigen des Halbkreises (sogar Mergault redete nicht) ertönte laut Madame Martinods raue Stimme in der natürlichsten Weise der Welt. Sie redete von irgendeiner Ursache, die dann den Grund zur Verspätung verschuldet habe, Grund und Grund des Grundes, die unklar blieben, und nun erwachte das allgemeinste, vielfältigste Reden, aus dem überhaupt nichts mehr herauszuhören war.

Man stieß das Vehikel in seinen Stall. »Nein! nicht hier anrühren, Robert!« rief der Briefträger und meinte den Rahmen des Lenkrades, also das eigentliche Rad, aus Holz, welches auf drei Speichen, die von der Lenkstange ausgingen, geschraubt – *gewesen* war; denn jetzt ließ es sich wegheben, die Schrauben hatten sich gelöst; das erklärte uns schon einigermaßen den Grund des plötzlichen Hiebs gegen den Kartoffelacker. Madame Martinod gab aber dem Briefträger die Schuld: er hätte sie nur allein lenken lassen sollen, wie vorher, sie hätte den Weg schon gut beendet; steuern könne sie schon, nur die Bremsen, allein die Bremsen säßen noch nicht ganz fest im Kopf. Wenn man ihr aber auf die Hand schaue oder gar korrigieren wolle, dann natürlich, dann gehe alles fehl! – Als Urheber des Defekts am Steuerapparat gab sie eine Kuh an; in einem Feld hätte eine Kuh das Rad abgetrennt. (In diesem Détail fand Mergault eine unerschöpfliche Fundgrube für seine halb Dingy servierten Darstellungen der Sache.) – Klare Gründe für die Verspätung gab es wirklich nicht für uns; keine Version der übrigens darüber sehr schweigsamen Teilnehmer der Fahrt war irgendwie plausibel. Ebenso unklar blieb für mich immer die funktionelle Zusammensetzung der Fahrgenossenschaft; ich weiß nur, dass beide Personen nötig waren, der Briefträger und Madame Martinod; am ehesten ist die Sache so zu denken: Einer besaß die Fahrbewilligung, der andere konnte führen; aber welcher war der eine und der andere? – Seit Menschengedenken sozusagen hatte Madame Martinod nie die Stunde des Abendessens verfehlt. Aber heute, zwei Stunden später angekommen, dachte sie noch nicht daran, zu beginnen (Mergault zischend vor wahrer oder gewünschter Wut, machte alle erdenklichen Zeichen in die Luft hinein, etwa das, was bei ihm die Bekreuzigung ersetzte; er schien knirschend und blieb fast stumm), sondern erst wurden Briefträger und dessen ganze Familie zum Trinken eingeladen; die Kinder lärmten jetzt und erhielten Limonade. Erst später, als die Familie, ihren wiedergefundenen, geretteten Vater umgebend, den Weg nach Dingy eingeschlagen hatte, aß man. Mergault kam dabei kaum zu Wort. Denn Madame Martinod, von einem merkwürdigen Feuer ergriffen, führte die Unterhaltung, die sich um das neue Verkehrsmittel drehte, die Vorteile, die dieses für ihre Lebensführung bringen werde.

Von ungefähr Mitte Juni an begann mir Mergaults Milieupolitik – die ich längst schon genügend beobachtet hatte – ausgesprochen widerlich zu werden, weil er sie in ihrer stets wandelnden Richtung für einmal gegen mich gewendet hatte, d.h. die Leute aufhetzte. Dadurch geriet ich in eine Art Isolierung hinein in der Pension. Erfahrung am eigenen Leibe lehrt sehen: Ich hatte gemeint, die Art von Mergaults Vorgehen schon genügend erkannt zu haben, jetzt wurde mir die Figur erst viel brennender klar. Wiederum könnte die Affektstimmung den Blick trüben – aber ich kann schließlich nichts anderes wiedergeben, als was ich, mit oder ohne Affekte, gesehen habe. Mergault schien mir in diesen Tagen – ich hatte meine zusammenhängende Arbeit beendet, vermochte nur noch Briefe und Notizen zu schreiben, der Ort trug nicht mehr; ich hatte eben, den Ort zu stempeln, Ausblick zu schaffen, den Parmelan bestiegen – in diesen Tagen schien mir Mergault, alles zusammengenommen, einfach widerlich, ekelerregend. Wie kam das? Wenn ich sagte, dass sein Morgenlied hieß »merde«, sein Abendklang »crétin«, sein Argument »con«, sein Gedankenblitz »idiot«, so übertrieb ich allerdings nicht, denn so reduziert war ja seine Unterhaltung, aber das hatte ich vorher auch schon gewusst. Und was seine einzige Tätigkeit betraf, die Diplomatie, – so war darüber auch kein Ignorieren möglich, schon vom Montparnasse her; allerdings neu war mir vielleicht, in welchem Maße er seine schmutzigste Diplomatie ausdehnte, der brennende Eindruck der Détails. Er wusste unzählige Geschichtlein – das habe ich schon erwähnt – er war auf dem Laufenden über die verschiedenartigsten Auseinandersetzungen, Streitfälle zwischen den Leuten der Umgebung, er zeigte ein außergewöhnliches Talent, über all diese Differenzen, kleinen Skandale, Spannungen auf dem Laufenden zu sein, – ein Talent, das wir bei allen Leuten seines Schlages, d. h. Schwätzern, nur dies ist das Wort, bei den Leuten, die keinen Ort haben, aber von Ort zu Ort gehn, vor allem an Orte, wo ein kleineres oder größeres Unglück geschieht (Unglück zieht diese Leute an, sie haben eine unbegreifliche Witterung; denken wir an Oline in Hamsuns *Segen der Erde*) und mehr oder weniger ausschließlich von den Abfällen leben, die ihnen für ihre Mitteilsamkeit oder ihre durch die Rede gebrachte »Hilfe« zufallen. Das Maß, in welchem Mergault die Taktik besaß, übersteigt die Vorstellungen. Überall hatte er seine Freunde, bei allen Parteien; Feinde konnten nur, nach sehr langer Zeit, diejenigen werden, die einmal seine Taktik durchschaut – und *gründlich* durchschaut, denn es gab Rückfälle, Mergault verfügte über viel Honig – hatten; dazu brauchte es, ich wiederhole, sehr lange Zeit; lange sträubte man sich, zu glauben, dass an diesem Manne alles Schaum, keine Gesinnung, nicht die Spur einer Gesinnung, Gleichgültigkeit gegen alles, Käuflichkeit aller Sympathieäußerungen vorhanden war. Besonders bei den Bauern, guten Leuten, die sich blenden ließen durch den Glanz seiner Darlegungen, brauchte es lange Zeit (wenn dann einmal der Zorn erwachte, wenn immer allgemeiner alle Parteien zur Erkenntnis gelangten, dass dieser ein Betrüger war, nicht mehr zu ihnen haltend als ihre Gegner, dann war Mergault erledigt; er war immer nach einiger Zeit erledigt, in jedem Milieu, das sich nicht erneuerte, bei jedem Einzelnen, bei allen, überall; er war immer überall nach einiger Zeit erledigt, dann war es Zeit, sich ein anderes Milieu zu suchen; er fand es auch immer, unterstützt von viel Talent, denn er kam treuherzig, Sympathie ausstrahlend, überschäumend von edler Gesinnung an; wenn er auch versoffen, besoffen und hässlich aussah, so wirkte er doch als ein gutes und edles Gestrahle, ein farbiger Springbrunnen schöner Dinge etc., ein edler, wenn auch schwacher Mensch). – Nehmen wir an, es gab in Dingy zwischen zweien Streit, offenen oder noch nicht ausgebrochenen, meinetwegen nur Spannungen; es gab also zwei Parteien, A und B: So war Mergault ganz gleicherweise Freund, Berater, Tröster beider Parteien; er ging zu A und wetterte gegen B, erzählte Schmähliches über ihn, stiftete an zu Racheakten und wusste sich (Streitzustand macht blind) dermaßen sympathisch zu machen, dass es dem A auf einen Liter Wein mehr oder weniger nicht ankam; man trank kräftig zusammen und Mergault konnte über den Tag nicht unzufrieden sein. Daraufhin ging er zu B und machte sich ganz gleicherweise zum Tröster, Berater, Wetterer gegen den andern, zum Unentbehrlichen; und ohne Belohnung ging es wieder nicht aus; wenn man auch vielleicht nicht im Momente trank, so hatte er doch wieder sichere Freunde mehr, solche auf die man bei einer andern Gelegenheit zählen konnte. – Verlief eine Sache mehr oder weniger im Sand, wurde sie unfruchtbar, so hatte Mergault schon wieder eine andere, frische Affäre aufgeschnüffelt, an der er ebenso leidenschaftlich teilnahm. Ein Franzose, gleichviel welchen Standes, weiß einen Mann, der sprechen kann, zu schätzen und so konnte sich Mergault immer wieder neue Sympathien erwerben. Er verfügte über internationale und über patriotische Noten, je nach Bedarf. Er wetterte gegen die Ausländer, um sich mit einem hirnverbrannten Chauvinisten gut zu stellen, er konnte gefühlvoll von den guten alten, so ganz andern Zeiten, von Größe der Dinge im Sinne der Tradition reden; an anderer Stelle redete er höhnisch und revolutionär über die Dinge, mit denen man heute abfahre, über die Beschränktheit dieser patriotischen Landbevölkerung etc. (In schwere politische Gespräche ließ er sich aber nie ein; sollte es geschehen, so wich er aus; alles richtete sich bei ihm gegen Personen, immer für und wider einzelne Personen: er stach, schimpfte, lobte, riss Witze; keine langdauernden Darstellungen, weder im auseinandersetzenden noch erzählenden Sinn, er brachte dazu die Energie nicht auf.) – Ich sagte: »seine einzige Tätigkeit«. Was die *Faulheit* dieses Menschen betrifft, so würde mir am schwersten scheinen, einen Begriff davon zu geben. Hier habe ich erfahren, wie Faulheit Grauen erwecken kann. Mergault gelangte aus Faulheit zu einer Unreinlichkeit, die selbst den Savoyarden, die selber unreinlich genug sind, Entsetzen einflößte. Reden wir nicht vom Schreiben – dass Mergault *nie* ein Wort schrieb, seltene (materiell nötige) Briefe ausgenommen, versteht sich von selbst – aber er zeigte sich (wo es nicht direkte Lustempfindung war, »ankam«) unfähig, nur zwei Gedanken zusammenzufügen oder den halben Gedanken eines andern anzuhören: Ein Sumpf. Dagegen erklärte er den Bauern, dass er ein Viertel von Paris in der Hand gehabt hätte, ein Gott gewesen sei, alle hätte er in der Hand gehabt, auch mich! Und er als erster hätte berühmte englische Schriftsteller übersetzt, das Manuskript sei dann André Gide in die Hand gekommen, etc., die Geschichte, die wir schon kennen. – Was die Unreinlichkeit betrifft, von der ich nochmals sprechen muss, so erinnere ich mich immer jener gründlichen Zimmerreinigung, die Madame Martinod eines Tages vornahm, wozu sie selber hinaufstieg (sie tat das sonst nie, nur Marie kam). Madame Martinod ging so weit, einen Bravourakt auszuführen, nämlich ein großes Stück Papier eigenhändig zu beschreiben; schreiben fiel ihr nämlich sehr schwer, worunter sie sehr litt, und ihre Orthographie war fürchterlich. Und dieses Blatt befestigte sie an Mergaults Zimmertür. Sie rief mich her (Mergault befand sich in Dingy), ich solle das Zimmer anschauen, aber ich lehnte die Einladung ab (natürlich sei Mergault eine Sau, sagte ich ihr, es gelte eben, ihn von einer anderen Seite zu betrachten). Da, ich möchte kommen und lesen, sagte sie später, als der epochale Zeddel an der Tür hing: und, ich solle glauben, sie werde auch halten, was sie da geschrieben habe. Nie sei ihr etwas Derartiges vorgekommen! Und sie habe wirklich Schweinereien gesehen! – Ich las; es stand da, in großer und kleiner Schrift, mit Unterstreichungen etc., in der Art eines Plakates, dass es verboten sei, in den Zimmern auf den Boden zu spucken, dass ausgewiesen werde, wer es gegen die Wände tue, dass Zuschlag bezahlen müsse, wer die Bettwäsche vernichte. – Dann erst begann die Alte loszuwettern! Sie sage ihm, wenn er zurückkomme, zur Ziege solle er sich legen, die Ziege sei reinlicher als er! Hätte ich die Wände gesehen! Sie müsse ein so zugerichtetes Zimmer desinfizieren lassen, kein Mensch gehe ihr mehr hinein! Ich wisse doch wie er immer ausspucke: wenn er's wenigstens, wenn nicht in den Eimer, – sie wolle nichts sagen, wenn er besoffen gewesen sei, habe er vielleicht nicht in den Eimer treffen können – wenn er wenigstens auf den Boden gespuckt hätte: Aber nein, gegen die Wand! Zu faul war er, um nur auf den Boden zu spucken, sich zu drehen, er tat es gegen die Wand! Und dann dick war es! Es blieb hängen, trocknete dort, und er tat es immer von neuem, ganz dick war die Wand behängt! Das Kotzen, wisse ich, das Kotzen hätte sie fast überkommen, wie sie das gereinigt hätten! – Jetzt begann auch Marie zu reden, die dabeistand, und sie redete, wie jemand, der lange Unrecht erduldet hat und endlich reden darf: Und das Bett, immer nass! Wisse ich, Mergault stehe meistens nicht auf, er mache es ins Bett! Durch und durch sei die Matratze schon nass geworden, sie könne nicht trocknen! Er hätte gut zu ihnen immer Scheiße sagen (das sagte sie so treuherzig, dass man gerührt werden musste), er sei viel eher Scheiße als sie, trotzdem er aus der Stadt komme. Wenn er sich schneuze, er nehme nie ein Taschentuch, wenn er im Bett sei, er tue es immer mit den Leintüchern. Und er speie überall hin, überall, überall! Sie sei ganz zufrieden, dass Madame Martinod einmal nachgeschaut habe, ihr hätte man doch nicht geglaubt. – Sie, fiel Madame Martinod wieder ein mit ihrer sägenden Stimme, sei nun eine alte Frau, aber man könne nichts sagen: jedermann (hier erhob sie die Stimme) könne sie ihr Bett zeigen, jeder dürfe, wenn er wolle, ihr Bett aufschlagen. – Sie wolle nichts sagen, wenn einer eine Krankheit hätte, aber Mergault kenne man genug! Wenn er noch eine Krankheit hätte, und es ihm im Bett einmal vorkomme, warum müsse er dann gegen die

Wand spucken? – Und so fort; ich war etwas erschreckt geworden. – Ein Blitzlicht wirft die Erinnerung an den Eimer, den Mergault, die Spuren eines unschuldigen sich Übergebens zu tilgen, so viele Male am frühen Morgen eigenhändig aus *diesem* Zimmer trug: Ein scharfes Blitzlicht auf seine Zustände, auf seine Gründe, das nicht trügen kann. – Am Abend erwartete man mit Spannung, wie Mergault auf den Zeddel reagiere, aber er reagierte überhaupt nicht; o – er war in diesen Dingen Madame Martinod und der ganzen Landbevölkerung überlegen! – Er kam mürrisch an (tat, als ob er mürrisch angekommen sei, aber er hatte den Zeddel schon gesehen), beachtete die Sache überhaupt nicht, erledigte sie, aufmerksam gemacht, mit einem mürrischen »ach was!« (geärgert über solche Kindereien, mit denen man nicht an ihn herantreten könne), verhielt sich verschlossen, wild und mürrisch und ging früh zu Bett. Madame Martinod hatte das Nachsehn; sie hatte einen gewaltigen Akt vollbracht, sie wollte davon zu sprechen beginnen, sie machte aber keinen Eindruck, was sollte sie tun? Sie hob aber den Finger und sprach uns gegenüber schwere Drohungen aus: Mergault werde noch sehen, ob es ihr Ernst sei! – Die Art, wie Mergault sich überhaupt aus den Schlingen ziehen konnte, die ihm gelegt waren, ist überhaupt hervorstechend, eine eigenartige Begabung. Ich konstatierte es zu wiederholten Malen. Jean, der riesige Anführer der italienischen Holzhauer, ein gutmütiger Bursche von etwa dreißig Jahren, wollte ihn einmal zur Rede stellen wegen eines Geschwätzes, das er über ihn in Umlauf gebracht hätte (Mergault hätte berichtet, Jean hätte geklagt, dass die Weiber in der Fabrik ihm seinen Wein abnähmen; er aber,

Jean, hätte niemals darüber geklagt, sondern im Gegenteil freiwillig und mit Freude der betreffenden Frau (welche auch erschienen war, um zu schimpfen, und mit Jean übereinstimmte) einen Liter Wein gegeben; Mergault hätte ihm aber so viel schaden können); er befand sich in gehöriger Wut und redete sich in immer größere hinein, den ganzen Nachmittag, Glas um Glas trinkend, Mergaults Rückkehr von Dingy erwartend; er erklärte allen, die anwesend waren, ausführlich die Geschichte der Verleumdung, die ihn bei der Frau so schwarz hätte machen können; die Leute stimmten bei, dass er recht habe, ungehalten zu sein; besonders Madame Martinod reizte ihn geradezu auf, ihm nur richtig den Standpunkt klar zu machen, er hätte es einmal nötig (und Jean schien der Mann dazu zu sein, 185 cm hoch, breitschultrig, schwer erregbar, gutmütig und gerecht); Jean erklärte, wie er Mergault zur Rede stellen werde, wie er ihn ruhig anreden, ruhig Rechenschaft über die Sache verlangen werde; wenn dann aber Mergault......, dann – – – (es war allen klar, dass Mergault heute große Gefahr lief, durchgehauen zu werden); er müsse schon richtig mit ihm (Jean) reden; bei allem habe er, Jean, schließlich recht und schon Grund zur Klage, oder nicht? Also müsse Mergault schon fein bescheiden mit ihm reden oder dann –. Und Ausreden gebe es nicht! Wie wolle er sich aus der Sache ziehn? Wenn er sage –, so sage er –; wenn Mergault zu behaupten wage –, so werde er ihm sagen, dass –; u.s.w.: den ganzen Nachmittag lang. Abends erschien Mergault und unter beträchtlicher Spannung aller Anwesenden suchte Jean von der Sache zu beginnen – *suchte* zu beginnen, sage ich; denn er kam nicht weiter; Mergault ließ es nicht zu. Jean hatte mit schwerer Ruhe seiner Gutmütigkeit zu reden begonnen, aber doch etwas zu höflich, mit etwas Lauerndem hinter der Höflichkeit. Sobald Mergault Wind von der Sache hatte, drehte er sich weg mit einem barschen »Kümmert mich nicht, all das Zeug!«; sehr energievoll war die Barschheit, Widerwille, Zurechtweisung, Ärger eines Herrn, der gestört wird, in hohen Betrachtungen gestört wird zum Beispiel durch Bettler, die ihn an seinem Weg anfallen, sprachen daraus; mürrisch und grau, ein besserer Franzose, den man mit Läppischheiten behelligen will, stand er da, vielmehr, wandte er sich weg, eine andere Gesellschaft, andere Dinge, andere Beschäftigungen suchend. Und Jean, dem das Wort abgeschnitten war, dem auf einmal die Luft leer durch die Kehle ging, stand da und hatte das Nachsehn; er atmete tief, der Luft, der Welt und den Dingen zu zeigen, dass es nicht *so* geht; aber ein Versuch, den er nochmals machte, zu beginnen, missglückte ganz und gar; da bewegte er langsam, gutmütig und sonderbar die breite Brust (Mergault saß drin in der Küche und las emsig die Zeitung, mit dem großen Blatt sich ganz von der Welt abschneidend). Jean begann sich langsam andern Dingen, d. h. Wendungen, Erklärungen der Sache, zuzuwenden. Von Durchhauen war nicht die Rede; der einleitende Wortwechsel ließ sich ja nicht einmal finden. Jean hätte ein ganz wilder Mann sein müssen, der den Lesenden, einen Gebildeten, der da gesittet und versenkt las in der Küche, einfach anfiel, überfiel; so ein wilder Mann war Jean nicht. Er wurde im Gegenteil eher seiner Sache unsicher (sie kam ihm selber jämmerlich vor) und er vergaß sie fast. – So wusste sich Mergault aus der Schlinge zu ziehen. Ähnliche Vorfälle sah ich öfters. Mir ist nicht bekannt, dass Mergault nur ein einziges Mal durchgehauen wurde; und doch hätte er dazu durch das »Gewerbe«, das er trieb, alle Chancen gehabt! – Er band meistens die Leute wieder an sich, wenn einige Zeit verflossen war seit dem Vorfall, der sie zum höchsten Zorn gegen ihn gebracht hatte; er kam dann so freundlich, kindlich unschuldig, demütig ergeben wie ein treuer Hund an; wieviel war echt an dieser Haltung, wieviel der Notwendigkeit gemäß erkünstelt? eine Frage, die sich nie lösen wird; reine Mache konnte die Freundlichkeit, mit der Mergault zu den Leuten, die ihn vorher schlagen wollten, nach einiger Zeit wieder ankam und mit der er sie zu gewinnen wusste, nicht sein; das wäre unmöglich gewesen; erstens wäre es keinem Menschen möglich gewesen, einen solchen Ausdruck mit Kunst zustandezubringen, und zweitens nicht Mergault bei dessen Disziplinlosigkeit. Er war, es mit einem Satz herauszusagen, der roh klingt und der doch nicht beschönigt werden kann: ein diplomatisches Kind mit einer Hurenseele; nur das. Was aber das Kind für Traurigkeiten erfahren hatte, allerdings – – ; wie es früher gewesen war – das wäre ein größeres Kapitel, welches schließlich alles zurückführen ließe auf einen schweren Konstitutionsfehler. – Zur Zeit, da ich Mergault kennenlernte, war er schon so völlig vernichtet, dass keine Hoffnung mehr möglich war.

Er sagte selber bei Gelegenheit: »Disziplin – das gibt es nicht bei mir.« Er sagte es zwar so leicht wie er gesagt hätte im Anblick von Athleten: Gewichte heben – das kommt nicht in Frage bei mir. Aber wie weit war diese Leichtigkeit nur eine Beschönigung? Ich selber glaube immer, dass

Mergault viel klarer die Dinge überblickt, einen Eindruck von der Gerechtigkeit der Zusammenhänge besessen hat, als es den meisten, die eine kurze Bekanntschaft mit ihm hatten, geschienen haben mag (und er hatte in dieser Periode seines Lebens keine andern als kurze Bekanntschaften mehr, mochten sie auch zeitlich lange dauern). – Es ging mir hervor aus vielen Détails, die ich zusammenhielt, aus unscheinbaren Wendungen in den Reaktionen, in gewissen Umständen, Gesprächen. Und dieses Wissen, dieses Gefühl von Gerechtigkeit seiner Einfügung, stellte ihn turmhoch über das bleiche und blutlose Geschlecht, das in der vorausgehenden Chronik berührt worden ist, und dem ich nachträglich noch folgende Worte von Péguy zusende:

D'une âme païenne on peut faire une âme chrétienne. Mais eux, qui ne sont rien, ni anciens ni nouveaux, ni plastiques ni musiciens, ni spirituels ni charnels, ni païens ni chrétiens, eux, ces morts vivants, qu'en ferons-nous ?

De l'âme de la veille on peut faire l'âme du jour. Mais celui qui n'a point de veille, comment lui ferait-on un lendemain. Et celui qui n'a pas une âme de la veille, comment lui ferait-on une âme de lendemain. De l'âme du matin on peut faire le midi et le soir. Mais ces modernes qui n'avaient point d'âme ce matin, comment leur ferait-on un midi et un soir.

Mergault gehörte nicht zu diesem Geschlecht. Er machte seine Ausfälle, zu Zeiten, gegen die ganze gegenwärtige Literatur, aber auch ich glaube, dass er doch kein wahrhaft Größenwahnsinniger war. Und Mergault war nicht der Unglücklichste … Er wusste zu sehr, allen scheinbar größenwahnsinnigen Reden zum Trotz, *wer* er war. Wohl hatte er gesagt: »Seulement les êtres impossibles sont possibles«, aber auch, vorher, und in viel weniger leichtem Ton: »Nous sommes des êtres impossibles.« – Er wusste etwas, allen seinen Schwärmereien und Wahnreden zum Trotz. Und wenn er manchmal in Ekstasen zum Licht hinzudrang, so wusste er auch, dass das das unmittelbare Licht war, Licht, das keinem andern größer scheinen konnte. Und er hatte Temperament – nämlich eben das Temperament, zu Grunde zu gehn; somit wurde er wieder gerecht und hatte er sich auch seinen Zutritt verschafft zum Licht.

Bankett

Ich sagte, dass von ungefähr Mitte Juni an Mergaults Milieupolitik sich gegen mich zu wenden begann und von dieser Stelle aus fahre ich, nachdem ich über die Art seiner Milieupolitik geredet habe, weiter. – Es waren immer Umtriebe in der Pension, es gab immer Veränderungen. Ich selber trieb, soweit es zur Erreichung eines bestimmten Zieles nötig war: der Arbeitsbasis (nicht immer leicht bei der Beschaffenheit der Mère Martinod und Maries; letztere z. B. erschien einmal mit Besen und Lappen, als ich mitten im Schreiben war, in meinem Zimmer und wollte sich nicht abhalten lassen, mich aufzufordern, in die Felder hinauszugehn, bis ich ein Glas vor ihr auf die Erde geschmissen hatte); Mergault aber trieb keinem statischen Ziele zu, sondern er benötigte die Bewegung in den Zuständen. Es gab eine Zeit, da er's so weit gebracht hatte, dass wir, er und ich, isoliert wurden von den andern bei den Mahlzeiten. Etwas später wurde ich isoliert, d.h. allein serviert, auf irgendwelche Vorspiele hin, die an sich nicht interessant sind und mir kaum mehr gegenwärtig – irgendwelche Differenzen, z.B. wollte ich des Speiens wegen nicht nahe bei Mergault sitzen, dann Verdrehungen, Unverständnis der Leute. Allein zu essen war mir teilweise angenehm; jedenfalls war es vom Möglichen das Beste. Aber von nun an begann Mergault zu unterminieren gegen mich. Ich sah es weniger direkt, als dass ich es in den Wirkungen erfuhr: Es entstand nämlich eine Isolierung in der Pension, die allgemein wurde (nicht mehr nur bei den Mahlzeiten, da ich es teilweise selber gewünscht hatte). Meine Unzufriedenheit darüber war allerdings insofern geringer, als ich sehr oft in Annecy war (im See zu baden). Schließlich war ich ja auch eher erstaunt, nur so lange in Dingy geblieben zu sein. Ich sann wieder heftig über Reiserichtungen, über Möglichkeiten eines besseren Aufenthalts. (Die Für- und Widergründe, die Berechnungen verschiedenster Art über die Aufenthaltsorte, gehören wieder nicht hierher.) Inzwischen fand in der Pension Martinod ein Banquet statt, ein großes Ereignis, welches die Aufmerksamkeit aller Seelen vollständig konzentrierte. Mergault musste, wie an allen aktuellen Dingen, sich vorteilhaft beteiligen, Glanz dabei zu erlangen suchen; er zeichnete die Menus. Genauer, es wurde, glaube ich, nur eines fertig, mehrere waren geplant. Es war sehr groß, auf irgendeinem rauen Papier, in allen Farben, die Mergault hier erlangen konnte, mit umschlingenden Fischen, die teilweise Weiber waren, ausgeführt. Die Leute lobten es zögernd, nicht recht wissend, was sie denken sollten. Die Mère Martinod nahm es doch eher zufrieden an, ohne indessen besonderen Dank zu schulden; sie hielt das Ding eher für Spielerei, als für ein Kunstwerk, – was es ja auch war, ohne dass allerdings die Mère Martinod das entscheiden konnte. – Das Banquet, dem Madame Martinod mit einer würdevollen Steigerung ihres Wesens entgegenging, fand statt für einen Fischereiverein der Umgebung, die eine Jahresversammlung oder dergleichen abhielten; ich glaube, es handelte sich um mindestens dreißig Personen. Das Menu war reich, der Preis ungefähr der dreifache eines gewöhnlichen Diners. Ein Liter Wein pro Kopf war inbegriffen. Das Menu war reich, aber leider, nach den Prinzipien höherer Kochkunst, ganz fehlerhaft, indem es nämlich lauter weiße Fleischgerichte enthielt; das hätte aber die Mère Martinod, die sich eine große Köchin wähnte, nie begriffen. Als Fleischgerichte figurierten: Kaninchen, Poulet, Forellen (die Forellen bildeten die Glanznummer, die sehr viel in Worten hervorgehoben wurde), eventuell noch ein viertes weißes Fleisch, Kalb. Und das Wunderbarste, die Gemüse waren auch durchwegs weiß: Blumenkohl, Teigwaren u.s.w. – Mergault also hatte das Menu gezeichnet (ich verhielt mich still, war während dieser großen Zeit ganz in Vergessenheit gerückt, ein Wunder, dass wir noch genährt wurden), die Aufregung war ungeheuer, den Leuten, die kamen, wurde das Menu gezeigt, Marie war außer sich, die Tochter der Mère Martinod war aus Annecy erschienen, ein Mädchen, das servieren helfen sollte, war gedungen worden (Marie hatte heute höhern Rang) und in der Scheune, hinter dem Automobilchen, beim Gartenausgang, wurden Bretter, Kisten, Tische und ein Herd, den man sonst für die große Wäsche verwendete, aufgestellt, wurden hundert Liter heißes Wasser gekocht, damit Jean seines Amtes als – Geschirrwascher walten konnte. Gott weiß, wieso und wozu er sich in die Gnade der Mère Martinod setzen wollte, aber offenbar handelte es sich um dies, denn er wurde meines Wissens nicht bezahlt, nur mit Einladungen belohnt, und arbeitete doch, pustend, schwitzend in der Hitze, wie ein Waschweib, lächerlich anzuschauen, der riesige Mann, den ganzen Nachmittag. – Das Banquet ging unter gewaltiger Aufregung vor sich; unser Mittagessen fand achtlos an irgendeinem Moment, um zwei Uhr herum statt; wir erhielten indessen Mengen Fische vorgesetzt. Ich musste sogar mit Mergault zusammen essen, alle Ordnungen waren zerbrochen, da aß einer, dort aß einer, vergeblich suchte und wartete man vielleicht auf eine Gabel oder den Wein, das ganze Personal war in Anspruch genommen durch die große Herrengesellschaft, gute kleine Bürger aus Thônes und Umgebung, welche im *Saal* ihr Banquet hielten; das Menu war an der *Decke* befestigt. Also bei einem solchen Zwecke trat der Saal in Gebrauch. Bruhaha und Qualm trat hervor, das Banquet dehnte sich stundenlang und die Bonshommes wurden mäßig heiterer. (Wie immer bei solchen jämmerlichen Veranstaltungen, wurden die Fröhlichkeit und das Gelächter, Geistwörter etc. hervorgepresst, dass die Augen aus dem roten Gesichte quollen vor Anstrengung.) Mergault konnte leider nicht in den Saal eintreten, er wurde nicht gerufen von den Bonshommes und die Mère Martinod ließ ihn nicht hinein. Gegen Abend endlich fuhr die Fischereigesellschaft, die nun die Verpflichtung hatte, schon sehr fröhlich zu sein, in einem oder zwei großen Autocars davon. – Nun konnte man reden, seine Eindrücke über das Gelingen tauschen etc.; Jean zog seine Schürze aus und kam hervor. Man räumte mäßig auf, mit einer nur noch abnehmenden Geschwindigkeit. Überall waren die Spuren des Gewesenen, des Vollendeten, eine müde Verwüstung verklungener Pracht, die keine gewesen war. – In später Nacht, auf dem Heimwege von ihrer Ausfahrt, kam dann die Bonshommes-Gesellschaft nochmals an, einen letzten Trunk zu nehmen, und einige waren nun pflichtgerecht besoffen, fröhlich war keiner. Eine miese Herrengesellschaft, die zwischen zwei Welten hineingeraten war in vielfachem Sinne. (Rostig und frostig, kapitalistisch angehaucht und spezereihändlerartig, biedermännische Lederbälle, die mit Not Bruhaha schrien, offiziell angehaucht (Jahresversammlung, Banquet, Würde, Ehre des Vereins!), rostrote Kugeln, denen die Augen aus dem Kopf traten und die krächzten, beinahe holländisch!)

Madame Bru.

Waren an diesem wichtigen Tag die »Damen« aus Paris schon da? Jedenfalls fällt ihr Eintreffen in diese Tage. Madame Brücker oder Bruquère oder Drucker oder Druquère habe ich schon erwähnt. Was ich ihrer Ankunft vorausschicken muss, ist, dass Mergault sehr oft, viel zu oft von ihr redete, und zwar endeten diese Reden, die größtenteils aus Beschimpfungen bestanden, fast immer mit der Versicherung, er *fürchte* diese Frau, ja, sie sei zu fürchten.

… Die Umstände der Zeit, Dispositionslosigkeit etc. lassen die Chronik nicht mehr in üblicher Weise zu Ende führen, sondern bestimmen mich, den letzten Teil nur noch auf Stichwörter oder Einzelbemerkungen zu beschränken. – Nur noch zwei Dinge wären ausführlich darzulegen gewesen: Die Forellengeschichte Madame Martinods und mein Krach mit Mergault, d. h. meine Donnerrede fürchterlicher Beschimpfungen.

... Madame Druquer, ein dickes wildes Weib ca. 40 Jahre, mit Wolfshund, den sie in schärfster Zucht hält und hübschem Mädchen, ca. 10 Jahre, das sie einmal öffentlich, einer Kleinigkeit wegen mit der Hundepeitsche traktiert, aber nicht etwa im Zorn, sondern majestätisch, theatral, so dass jedermann die Lust, sich einzumischen, vergeht. – Übrigens soll sie auch Mergault (über den sie nur Schlechtes zu erzählen wusste, er sei vollständig verfault) einmal während meiner Abwesenheit durchgepeitscht haben, angeblich zehn Minuten lang.

Forellengeschichte

Die Polizei kommt fast täglich, es begann einige Tage oder eine Woche nach dem Bankett, meist zwei Mann zu Pferde, um weitere Einvernehmungen zu machen über die Sache mit der Vergiftung des Mélèze, die erstaunlicherweise genau in der Freitagnacht vor dem Sonntag des Banketts stattgefunden hat. Aber Madame Martinod ist ja natürlich aus der Sache, sie hält sich glänzend und Mergault versichert es ihr tausendfältig: »Wenn man ein reines Gewissen hat, wie Sie ...« Mergault ist unbeschreiblich dabei und übrigens ist er fieberhaft erregt. – Warum zeigt Madame Martinod nicht einfach ihre Rechnung der in Annecy gekauften Forellen? Oder, wenn sie keine Rechnung bekam, nennt einfach den Laden? Denn das tut sie nicht. – Sie werde, sagt sie nach den ersten Tagen, dann schon noch etwas sagen, sie wisse noch etwas, das sage sie jetzt noch nicht. Die Polizei sprengt dann in der Regel nach Dingy hinauf und manchmal kommt sie nachher wieder vorbei, nach weiteren Einzelheiten Fragen zu stellen. Mergault eilt auch sehr oft ins Dörfchen hinauf, tuschelnd mit der langen hageren Alten im Zigarrenladen. – Dieses werde sie nämlich noch sagen, kündet Madame Martinod uns an: Sie wollte es zurückhalten, aber sie müsse es nun doch sagen: »Andere Leute, wissen Sie, kennen den Trick nicht – und Sie verstehen, dass ich das nicht die Leute, die am Bankett teilgenommen haben, wissen lassen wollte: Andere, seht ihr, kochen die Fische immer im selben Öl, so dass dann das Öl von allen Fischen den Geschmack hat und man nicht mehr recht weiß – aber das tue ich eben nie! Sondern bei mir, ich, ich koche die Fische *jedesmal in frischem Öl*. Und so kann ich eben ganz gut, ohne dass die Leute es merken – ich sage euch das im Vertrauen: aber wer könnte denn auch lauter Forellen kaufen, was denkt ihr, bei dem Preis! – ich habe, sage ich euch, eine solche Art die Fische zu kochen, dass ich, sage ich euch, gleichviel welchen, den billigsten Seefisch euch als eine Forelle vorsetzen will! Das habe ich eben vorher nicht sagen wollen, eben der Leute wegen, die am Bankett waren, aber seht: ich nehme wohl eine Anzahl, sagen wir ein Kilo Forellen, aber die vermische ich mit viel mehr billigen Seefischen und bei *meiner* Art des Zubereitens kann ich euch garantieren, dass niemand den

Unterschied merken wird! Denn ich nehme eben frisches Öl, nicht dass ich die Fische im selben Öl backe, in dem schon vor Tagen und Wochen andere gebacken worden sind. Immer frisches Öl nehme ich, nur frisches Öl für Fische!«

Den Ort, wo sie die billigen Seefische sich verschafft hat, hat sie aber auch nicht angegeben, die gute Frau Martinod. Jedenfalls nicht, solange ich dort war. Die Polizei kam immer, alle Tage oder zwei oder drei Tage, die Untersuchung ging ihren Lauf und die Fortsetzung der Sache ist mir nicht bekannt, denn ich reiste inzwischen ab.

Beschimpfung

Ein oder zwei oder drei Tage vorher (d.h. es sollte der letzte Tag sein) hielt ich – das Gefäß war voll, besonders da ich davon munkeln gehört, dass Mergault sogar der Polizei zugeflüstert habe, dass man nicht wisse, ob ich ein Spion sei… was ich ja ihm wohl zutraute – hielt ich, belebt von Annecy ankommend Mittags, Titine treffend am »Bahnhof«, Titine mit ihrem Fleischkorb, mit der ich weiter trank, sie hielt gut mit, hielt ich Mergault jene Donnerrede, die mit nichts zurückhielt, was ich an negativster Meinung mir über ihn gebildet hatte. Längst hatte ich vorher nicht mehr mit ihm geredet. Ich erklärte ihm, wie er mit den Bauern umgehe, die Art seines Lebens, seine Taktik, etc. Der Erfolg der Rede war überraschend. Alle Leute, ich glaube alle ohne Ausnahme, gaben mir ganz einfach Recht, sogar Madame Druquer machte mir ein Kompliment. Ich hätte recht gehabt, ihm die Wahrheit zu sagen, es sei wohl so, etc. Ich hatte gar nicht so viel erwartet! Madame Martinod sagte, alles sei ganz richtig gewesen, was ich ihm gesagt habe und wenn ich etwa Mergaults wegen abreisen wollte, so solle das kein Grund sein, in der Sache mit Mergaults Aufenthalt werden ohnehin in wenigen Tagen Änderungen eintreten. – Ich sagte, nein, nein, meine Zeit sei um. – Alles hatte sich für mich gewendet, die Stimmung, die unhaltbar gewesen war, hatte sich plötzlich vollständig ins Gute gekehrt in der Pension Martinod. – Mergault war liquidiert. Er huschte nachts in seine Kammer, so schnell wie möglich, wie ein halb ersoffenes Huhn, ohne einen Ton.

Sadismus der Weiber

... Über den Sadismus der Weiber hätte ich noch etwas sagen sollen, die Erzählungen, vor allem Madame Martinods, angeregt durch Jean, der aus der Umgebung von Chamonix ein Vorkommnis mit 19 oder 20 Mädchen erzählte, das ihm geblüht hatte. (Ausgangspunkt: ob ich mich nicht fürchtete, vor der Usine Verra?) Sie, als sie jung gewesen sei, Madame Martinod! Haha, die Männer sollten ihr nicht zu nahe kommen! ... Das erste Leichteste, wie sie Kopf in den Brunnen steckte, als einer ihr während der Arbeit dauernd den Hof machte. – Dann: Einer im Geschäft, als sie eintrat, der Ladenjunge, lag da, *jambes en l'air et ça...* (Handbewegung). Sie, nicht faul, nimmt ein eisernes Lineal und, hupp! hat er seinen Schlag herunter mitten dran an »das«, welches da so stand. Wie der aber geheult hatte! Und davongelaufen war! Und am andern Tag noch war er nicht im Geschäft erschienen, er hatte eben nicht kommen können, haha! – Andere Geschichte, viele Mädchen, ich glaube auch in einer Art Fabrik, jedenfalls schwebt mir noch die Usine Verra vor, an die ich während der Erzählung dachte: Einer hatte immer einem Mädchen den Hof gemacht. Da machten sie aber ihren Plan. Das Mädchen lockte ihn herein, als sie, ein Dutzend Mädchen versammelt und allein waren. Kaum drin: hupps und hopp, sprang sie ihm hinten an die Gurgel, riss ihn um, die andern drauf – sie hatten genau den Plan gemacht, ganz genau, dass es gelingen sollte – Knie auf die Brust, richtig festgehalten, ausgezogen, »das« mit Strick ans Bein gebunden, aber so fest... ha, dass er aber einmal genug hatte, dessen können wir versichert sein! Ha! Ha! Und geheult hatte der ...! Und dann, so nackt wie er war, stießen sie ihn hinaus, auf die Straße. – Dann aber, geschah es nicht, dass eben ein Curé des Wegs kam? Himmelssakrament noch! Sie machten ihm Zeichen, dem jungen Mann. Und sofort herein, wieder, ihn versteckt. – Dann trat der Curé ein. (Weitläufige Erzählung der Rede.) Ob sie nicht einen nackten Mann erblickt hätten, er glaube von ferne einen nackten Mann erblickt zu haben, der sich hierdurch gerettet hätte. Unschuld und Staunen der gesamten Mädchen. Aber, vielleicht – vor einiger Zeit hätte wohl jemand gebadet hier im Bach, vielleicht sei der es gewesen. Der Curé ging, beruhigt, eher an eine eigene Täuschung glaubend. Kaum war er wirklich weg und verschwunden, nahmen sie den Mann wieder vor und hauten ihn jämmerlich durch, aber eine Portion bekam der noch ab, bis sie ihn laufen ließen, ha! – Reaktion der Leute (Jean etc.) besonders erwähnenswert; sie taten nämlich, als ob Madame Martinod wirklich lauter

Schnurren, in denen sie eine imponierende Rolle gespielt, erzählte, harmlose Schnurren.

Abschied

... Und selten hatte Mergault auch etwas, weniges von Brasilien, Argentinien erzählt, seinem dortigen Aufenthalt; aber nebelhaft nur, nichts blieb in Erinnerung; nur das Meer schien ihm einen Eindruck gemacht zu haben auf der Heimreise; und sonst erwähnte er noch die Vielheit der Bananen (er mochte sie jetzt deswegen angeblich nicht mehr, jedenfalls aß er keine).

... Ob ich nicht von »Ihrem Freund Mergault« Abschied nehmen wollte, sagten die Leute am Vormittag, da ich (Robert mich begleitend mit Koffern) davonging. Ich winkte ab (Gelächter der Leute, das schon vorher gewartet hatte).

Epilog

Einige Tage, nachdem ich in Paris war, eines frühen Morgens, wen sehe ich nicht im Kosmos, welche graue Ruine, heftig gestikulierend, fieberhaft auf den Wirt einredend? Ich glaubte wirklich erst, mich zu täuschen! Er war da, Mergault. (Also in den ersten Tagen des Juli (ich war, glaube ich, am ersten gereist) muss er wieder in Paris eingetroffen sein.)

Später, etwa im August, als ich wieder in Paris war, oder im September, trat er einmal auf mich zu und redete mich an. Es sei ein Missverständnis gewesen zwischen uns! Etc.

Ich solle ein Glas von ihm annehmen, er hätte eben Geld. Ich schlug es aus. Es wiederholte sich in Abständen. Schließlich redete ich hie und da wenigstens ein Wort mit ihm. Er war besoffen, fast immer besoffen.

Ganz das alte Leben. Dann sah ich ihn einmal, nach einer einsamen Nacht voll Schwermut, morgens zitternd vor dem Dôme sitzen, das Wetter war schon etwas kühler. Er saß auf einem Gartenstühlchen, Seite Tabak, wo kein Mensch war, ganz grau, und man sah es von weitem, wie er zitterte. Schließlich fasste ich einen Entschluss, trat hinzu und redete ihn (ich glaube zum ersten Mal wieder) an: ob er ein Glas nehme? Ich sehe ihn jetzt noch, den unbeschreiblichen Ausdruck, wie er reagierte (die Treue eines Hundes oder dergleichen). Wir traten ein, nahmen einige Gläser. Dann (ich war nicht im mindesten erheitert, noch in dieser Linie) nahm ich Abschied, indem ich ihm die Hand reichte und – 5 Fränklein. Und das vor allem sehe ich noch, wie er nach dem kleinen Papierchen griff, mit was für einer Lebhaftigkeit die Freude in ihm hochstieg! Wie er mir die Hand drückte! – Er sagte dazu ohne eine Sekunde zu überlegen etwas sehr Geläufiges, ich hätte ein gutes Herz, das wisse er ja, oder dergleichen … Ich ging, melancholisch wie ich war, sinnend nach Hause, es schien mir aber, ich hätte hinter mir etwas Helleres. – Das war das letzte persönliche Zusammentreffen, an das ich mich erinnere. (Ich glaubte vorerst, dass das fürchterliche Gedonner vor der Abreise in Dingy das letzte gewesen war.)

Von nun an sah ich ihn nur noch wenige Male im Montparnasse mit gefärbten Haaren. Er hatte gewaltigen Erfolg damit, überall schrien die Leute Hurrah und stürzten sich herbei. Am ersten Tage trug er sie gelb, strohgelb, wie man es sogar im Norden nur selten sieht; unbeschreiblich komisch! Das alte, zerfurchte Gesicht dazu! Das Strohgelb schien mir am effektvollsten. Denn am nächsten Tag erschien er in Blau. Dann in Lila. – Doch, ein einziges Mal habe ich doch noch mit ihm gesprochen, er sagte mir, dass er schon Grün vorbereite für das nächste Mal. Das Grün habe ich nicht mehr erlebt, auch nicht mehr mit Mergault gesprochen. Denn ich reiste ab nach Holland. (Im Oktober.)

... In Holland redeten wir noch manchmal von Mergault, wie wir von andern Figuren des Montparnasse redeten. Besonders einmal, etwa im Januar oder Februar, ist mir in Erinnerung: Ich hatte von meiner Erfahrung mit Mergault in Dingy geredet, gab meinen Eindruck ab über sein jetziges Dasein, seine Möglichkeiten in Paris: »Vielleicht wird er noch ein paar Monate leben, sagte ich, vielleicht ist er schon tot, vielleicht in ein paar Wochen, – oder, wissen wir so Genaues, vielleicht geschieht ein Wunder und wird es noch zwei Jahre dauern!« Am nächsten Tag ungefähr traf der Brief aus Paris ein, in welchem ganz außen am Rande, als nachträgliche Bemerkung, noch stand: Dass Mergault, vor Wochen schon, gestorben sei, wisse ich doch?

Als ich später in Paris war, erfuhr ich nur von zwei Leuten, von Wiralt und von Warschawski, noch etwas über seine letzte Zeit (und es war nicht viel). Warschawski hatte ihn im Spital besucht; da sahen sie die Fieberkurve – nicht einmal sehr viel. Eben maß man. Die Pflegerin ging weg, Mergault nahm das Thermometer hervor, schaute – schon über 39 (oder so), er schüttelte, schaute wieder: 38.80, das ist gut.

Wiralt: »Ja, und das Ärgste war, dass niemand, niemand von uns gewusst hat, dass er gestorben war!!! (Er war besoffen, redete mit fürchterlicher Energie, wie mit entsetzlichen Flüchen.) Niemand, verstehst du, niemand war da von uns und so ist er gestorben.« Dann erzählte er eine Geschichte von einem Kranz, den sie gespendet, nicht sehr wichtig, in weniger schrecklichem Ton vorgetragen. Und seine Verwandten, da unten her, vom Lande, seien angekommen ins Spital, eben noch bevor er starb, man hätte ihnen berichtet. Und die hätten, fuhr Wiralt fort und redete, einem Mörder vergleichbar, die Augen rollend, den Ort erwägend, ob er das Fürchterlichste sagen könne, erst unheimlich flüsternd und in immer grausigeren Tönen und mit entsprechenden Gebärden (er war besoffen, aber nie habe ich ihn so lebhaft, so theatralisch gesehn. Er war sonst fast nur das Gegenteil, stumm. Ich war ganz verwundert, fast erschrocken.) –: die hätten, schiene es, bevor sie abgereist seien, – noch einen *Fluch* ausgestoßen über Montparnasse, *aber einen ganz fürchterlichen Fluch, aber einen Fluch ...!!* hätten die noch ausgestoßen über Montparnasse!! – Dann fuhr er wieder fort, zu klagen, das Schreckliche (er brauchte sonst nie solche Wörter, auch wenn er so stark besoffen war wie an diesem Tag blieb er einsilbig), das Schrecklichste, dass niemand von uns allen, aus dem Montparnasse gar niemand dabei gewesen sei, als er starb!!

Über die farbigen Haare hörte man verschiedene Auslegungen, einige behaupteten, dass ein Coiffeur ihn bezahle, damit er Reklame für ihn mache. Aber wahrscheinlicher ist, dass Mergault es aus eigenem Antrieb tat, um für sich Reklame zu machen, d.h. seine Existenz zu ermöglichen, indem er seinen Bekanntenkreis immer noch vergrößerte oder erneuerte oder erfrischte.

ENDE DER CHRONIK

NACHWORT

Ulrike Draesner
Figuren der Entäußerung

Wer Ludwig Hohls unabgeschlossene Erzählung *Die vorletzte Station. Die Chronik Dingy – Ein Bericht* liest, mag sich zunächst an W. G. Sebalds Roman *Austerlitz* erinnert fühlen. Zwei Männer begegnen sich. Ihre Geschichte ist der Gegenstand des Textes; der Erzähler, der sie darbietet, erscheint als Spiegelfigur des Autors.

Mit diesen Parallelen fallen auch Unterschiede ins Auge: in Sebalds Roman etwa kennen sich der Erzähler und Austerlitz zunächst nicht. Mehrfach begegnen sie sich zufällig – so zumindest die Behauptung des Romans –, ein immer tiefer führendes, Erinnerungen erschließendes Gespräch entwickelt sich.

Bei Ludwig Hohl geschieht das Gegenteil. *Die vorletzte Station* ist Fragment in vielerlei Hinsicht: der Versuch einer Erzählung, der Versuch einer Chronik, der Versuch einer Begegnung. Das Titelblatt gibt sich ›objektiv‹ als Chronik und der Text wird nach Art und Weise einer Chronik aufgebaut. Er erzählt von Ereignissen in Dingy-Saint-Clair, einem Ort in den Savoyen, in chronologischer Reihenfolge nach dem Prinzip: was führte dorthin, was geschah dort, wie ging es weiter. Doch dies scheint dem Autor nicht zu genügen. Dem Titel *Die vorletzte Station* folgt auf den Fuß der Untertitel *Die Chronik Dingy*, dem ein weiterer Untertitel angehängt wird: *Ein Bericht.* Sowohl der Begriff »Chronik« wie die Gattungsbezeichnung »Bericht« betonen die Distanz des Erzählenden zum Wiedergegebenen. Man steht fern, spricht aus der Position des unbeteiligten Beobachters.

So die Ankündigung. Doch wie immer, wenn etwas stark betont wird, sind Zweifel angebracht. Die Betonung selbst ruft sie wach: Was so sehr behauptet, Chronik zu sein, ist vielleicht etwas ganz Anderes.

Etwas Verschobenes, Dezentriertes.

Eine Verpackung. Eine Erscheinung.

So wie es auch nicht um die letzte, sondern die vorletzte Station gehen soll.

Also das, was vor dem entscheidenden Ereignis liegt. Vor dem Ende.

Auch hier kündigt sich eine Dezentrierung an.

Drei Titel, drei Spuren: und jede ›verfehlt‹, lenkt ab.

Chroniken erzählen tendenziell lange Geschichten von Orten oder komplexen Geschehen. Eine Chronik des Dreißigjährigen Krieges. Eine Chronik der Stadt Paris. Doch was ist Dingy?

Eingeführt wird es als Ort, der sich nicht erreichen lässt (Mergault verpasst den Autobus). Während Sebald mit *Austerlitz* eine Figur in den Mittelpunkt stellt, kann Hohls Erzählung sich weder für einen Protagonisten noch für einen Ort entscheiden. Sie ist wie eine Zwiebel gebaut, einer Haut folgt die nächste, aus einer Figur entstehen andere. Dingy ist ein unbedeutender Ort am Fuß der Alpen. Hat man den Text gelesen, versteht man: auch dieser Ort ist – Fassade. Das Resultat einer Verschiebung.

Erzählt wird von zwei Männern, Hohl und Georges Mergault, die sich aus Paris kennen und sich nun für eine Zeit in der Provinz befinden. Doch die »Chronik« ihres Aufenthaltes wird nicht distanziert dargeboten. Der Erzähler, der zugleich als Autor Hohl erscheint – er schreibt Texte und wird von Mergault »Hohl« genannt –, erzählt durchaus von sich, während er gleichzeitig versucht, dies möglichst zu vermeiden. Und Dingy kommt zwar vor, doch man wohnt nicht wirklich dort, sondern in einem Häuschen im Nirgendwo auf halbem Weg zwischen Dingy und seinem Bahnhof, zwischen Ankunft und Aufbruch.

Mit Verschiebung ist das Erzählprinzip des Textes benannt. Das eine sagen, untergründig dadurch von etwas anderem schweigen und es verdeckt mitsagen. Doch Dezentrierung ist beides, Schwäche wie Stärke der *Vorletzten Station*. Denn wer zu viel verschiebt, verliert sich. Wer zu viel verschiebt, findet kein Ende.

Geschrieben wird eine Chronik der Gesprächslosigkeit. Mergault, das Objekt der Begegnung, entpuppt sich als ambivalentes Subjekt. Er ist mehrsprachig, sprachbewegt – und kann sich nicht ausdrücken. Er schweigt, will einen Text des Autors übersetzen, brüllt. Zunehmend wird die Körperlichkeit zum Hauptausdruck der »Person«. Mergault übergibt sich, ist lungenkrank, betrunken, sturzbesoffen, schmutzig. Überall hinterlässt er Spuren, »eine Sau« (z. B. S. 120), verdreckt den Boden seines Zimmers, die Wände.

Eine Begegnung – im Kraftfeld überragender Körper, verfallender Körper.

Eine Begegnung im Alpenvorland, umgeben von den Körpern des Gebirges.

Das verwittert, sich aufschiebt, sich bewegt. Körperliches um sich wirft, Körper duldet oder abschüttelt. Das stumm ist, aber Laut gibt: Wasser rauscht, Steine fallen. Stimmen werden vergrößert und zwischen den Wänden hin- und hergeworfen.

Das Erzählen, man ahnt es, wird nicht einfach sein. Es erscheint verwischt. Wie in dem ständigen Versuch, sich selbst zu löschen. Nachdem Mergaults Versuch, einen Text des erzählenden Autors Hohl zu übersetzen, endgültig gescheitert ist, heißt es:

> [Mergault] stöhnte, alle Kräfte, alle Möglichkeiten waren ihm entschwunden. Er musste hinausgehn, war gleichsam wie ausgelöscht, ein erledigter Mann. Jede Trunkenheit war weg, kein Glanz der Trunkenheit konnte mehr seine entsetzliche Übelkeit, seine Krankheit, seine Öde überhüllen. Er verschwand in sein Zimmer, schloss hinter sich ab. [...] Ich stand auf dem Umgang, etwas Lichtschein meiner Kerze fiel auf die Krone eines Kastanienbaums und aus der Nacht her, der weiten Sattheit, drang der Geruch der Felder, deren Fruchtbarkeit sich immer noch in fast unfasslicher Weise steigerte. Es war 23 Uhr, wieder herrschte die Stille des ersten Abends; in nächster Nähe nur hörte ich hinter den geschlossenen Laden Mergault stöhnen und kotzen. (S. 54)

Zufällig sind sich die beiden Protagonisten im April 1931 in Annecy auf der Straße begegnet. Der Erzähler lebt in

»einer Zeit großer Erschütterungen materiellen Mangels und totaler Isolation« (S. 7). Mit einem Mal steht Mergault vor der Apotheke, der Erzähler erkennt ihn erst auf den zweiten, den dritten Blick. Man ist aus dem Montparnasse, dem Künstlerviertel in Paris, miteinander bekannt. Mergault hat einem Maler Modell gestanden, vielleicht auch selbst gemalt; später wird erzählt, dass er ein Buch schreiben möchte. Hohls Text ist eine lange Erzählung, vielleicht auch eine Novelle, das lässt sich schlecht sagen, da das Ende so offensichtlich nicht geschrieben ist. Eine unerwartete, wahre Begebenheit jedoch gibt es, eben die Eingangsszene: Mergault lebt halbwegs gesund und wohlgenährt in der Provinz. Mergault! Der in Paris für tot gehalten wird.

Grenzräume öffnen sich. Erzähllogisch ist dies eine Konsequenz der ständig vorgenommenen Verschiebungen und Dezentrierungen. Alle Figuren des Textes bewegen sich in einem liminalen Raum. In Anlehnung an die Verwendung des Begriffes »Liminalität« in der Anthropologie[1] verstehe ich Grenze nicht als Strich oder Linie, sondern als einen ausgedehnten Ort. Als Schwellenraum hat sie Anteil an zwei Bereichen, ist selbst ein Drittes. In Hohls *Chronik* erscheint Dingy in mehrfacher Hinsicht als Zwischenreich: eine Provinz mit Verbindungen zur Stadt, ein Dörfchen weder in der Ebene noch in der Höhe, ein Ort, der zu Frankreich gehört, an die Schweiz und das Piemont grenzt, in

1 Vgl. Roland Borgard: *Liminale Anthropologien. Skizze eines Forschungsfeldes*, in: *Liminale Anthropologien. Zwischenzeiten, Schwellenphänomene, Zwischenräume in Literatur und Philosophie*, hrsg. v. Jochen Achilles et al. Würzburg: Königshausen & Neumann 2012, S. 9-13.

dem man mindestens zwei Sprachen spricht – und oft keine, eine Ebene in der Höhe, zwischen Absturz und Rettung, Leben und Tod.

Die Protagonisten haben sich nicht gesucht, kommen allerdings nach der unerwarteten Begegnung nicht mehr voneinander los. Rasch wird aus dem Sie ein Du. Mergault ist knapp unter 50, sieht gut aus, dionysisch, extrovertiert, dem Essen und Trinken zugetan. Anfangs ist er beredt, erzählt vom Leben in der Provinz, der ausgehungerte Erzähler wird mitgenommen und ›ausgehalten‹, finanziell. Mit Mergaults zunehmender Trunkenheit treten die für den Erzähler ekelhaften Züge seiner Erscheinung hervor: Unreinlichkeit, Schaum auf den Lippen, gurgelnde Schreie, »Verhurtes im Gesicht« (S. 11). Der andere erscheint als maßlose Person. Der Erzähler gibt zu, diese Aspekte zuvor nicht erwähnt zu haben; nun betont er sie – und erweist sich dabei selbst als jemand, der keineswegs ›objektiv‹ berichtet, sondern höchst subjektiv akzentuiert.

Topographie

»Das Gelände hob sich, ungeheuer weit ausgedehnt, in langsamen Wellen höher, war also keineswegs ein Tal.« (S. 16)

Mit einem Mal ragen zu beiden Seiten der Straße Hänge auf, dicht bewaldet und steil. Ein schäumendes Flüsschen, eine Schlucht. Der Text verweist auf eine beiliegende Ansichtskarte – gibt sich also als Brief oder erneut als Bericht aus. Zu Chroniken gehören (wie zu W. G. Sebalds chronikalem Erzählen) Fotografien und Abbildungen. Am Bahnhof steigt der Besucher aus dem Bus. Er überquert ein Bergflüsschen, eine Steinbrücke, steigt bergauf an einer Fabrik vorbei, in der nur Frauen arbeiten. Vereinzelt stehen Häuser, schließlich ist die Pension Martinod erreicht: ein Café, eine Gaststube, Zimmer. Das Haus gleiche, so der Erzähler, einem Bild van Goghs:

> … und nach einem ganz kurzen Intervall lag vor mir ausgedehnt, breit und still die Pension Martinod (Hôtel du Fier – Restaurant – Witwe Martinod – Pension, oder dergleichen stand naiv und schön gemalt auf einem alten und farbigen Aushängeschild, das schlecht befestigt war, zu lesen). Das Haus sah beinahe aus, als ob es nach Bildern von van Gogh ausgeführt worden sei. Ein Kiesplatz knirschte, über den ich schritt, zwei Kastanienbäume standen drin, ein Umgang führte oben im ersten Stock an ihren Kronen vorbei, Holzgitter, ein sehr hohes und niedrige, waren grün gemalt. Sie waren sogar frisch gestrichen zu einem Teil, und der Maler war – Mergault. (S. 17f.)

Mergault ist einsam in Dingy, redet nun viel, die Ohren des Erzählers sind ihm willkommen. Der Ort entfaltet Wirkung: »hier, in der engen Küche inmitten total stiller Landschaft drängte er zusammen« (S. 21). In der durch Druck und Verschiebung entstandenen, versteckten Räumlichkeit kann Mergault vom Montparnasse sprechen. Der Erzähler hingegen berichtet nur, dass der andere erzählt, gibt den Inhalt nicht wieder.

Hohl ist ein Meister der Beschreibung und Evokation des Gebirges. Seine Novelle *Bergfahrt* legt davon eindrucksvoll Zeugnis ab. Passagen von gleicher, poetischer Qualität finden sich auch in *Die vorletzte Station*. Hohl ist genau. Er findet eine Sprache für die steinerne, jäh aufragende, anziehend-abweisende Welt des Gebirges, die dessen Fremdheit bewahrt und doch, unter anderem über vorsichtig eingesetzte Anthropomorphisierungen, Verbindungen in die Menschenwelt schlägt:

> Das Seitental, das hier abzweigte, verfolgte einen Berggrat, eine Flucht von aneinandergerückten Türmen; in stumpfem Winkel umbiegend verlängerte sich dasselbe Gebirge aber zur Begleitung des Haupttals; und wenn man die Straße nach Dingy hinaufschritt, nachdem man einmal die schon erwähnte Kurve, die nach der Pension Martinod den Hügel umging und überwand, hinter sich hatte, wenn man so nach Dingy hinaufschritt, schritt man vor allem immer mehr in den Bereich dieses Gebirges, das über einen zu wachsen drohte, als ob es schritte und man stünde still; es waren blanke senkrechte Felswände, rötlich und immer höher wachsend; und sie erinnerten unbedingt an eine Brust, die sich immer gigantischer in die Welt hinaus aufreckte – die beiden Arme, die zwei absteigenden, weil gleicherweise sich entfernenden Gräte nämlich, nach hinten gerissen, der Kopf verschwunden vor der Gewaltigkeit der Brust. Tief zu Füßen des Riesen, im Grünen, nahe der Ecke, wo die Hänge sich steil zu der Wurzel der Wände aufzuschwingen begannen, lag Dingy, das eindunkelnde Dörfchen, welches ein kleines Café barg, das wir suchten. (S. 68)

Tatsächlich ist der Erzähler einen Tag später nach Dingy gefahren, als er wollte. In seiner Lebensgeschichte, die er *nicht* erzählt, hat sich eine entscheidende Wendung vollzogen. Der zweite Besuch in dem Halbgebirgsort verläuft ereignislos, kann chronikal jedoch nicht übersprungen werden. Die Kapitelüberschriften unterstreichen dieses Prinzip: Sie sind einfach, enumerativ und ›faktenorientiert‹, wodurch sie an Schulaufsätze oder Kinder- und Jugendbücher aus vergangenen Zeiten erinnern.

Ein poetologisches Element des Textes tritt damit hervor. Im Deutschen sind Zählen und Erzählen wörtlich miteinander verbunden. Hohl beruft sich darauf: Ich zähle die Wochen ab, die Begegnungen, die Fahrten, die Gelage. So schreibt der Text sich fort. Bei seinem zweiten Besuch in Annecy begleitet Mergault seine Vermieterin bei den Einkäufen. Unter der strengen Beobachtung von Madame Martinod – alt und dick, ländlich gekleidet – weiß er sich charmant zu benehmen. Wenige Tage später folgt ihm der Erzähler nach Dingy.

Wechselweise fährt man aufeinander zu.

Mergault spiegelt nichts vor. Er leidet an Launen, ist von wechselhaftem Temperament. Obwohl er dies weiß, zieht der Erzähler nicht nur ebenfalls nach Dingy um, sondern lässt sich ein Zimmer in Mergaults unmittelbarer Nähe geben. Da sitzen sie nun, die beiden Schriftsteller und Nicht-Schriftsteller, in ihrem Montparnasse Nummer 2.

Montparnasse, das Künstlerviertel in Paris, ist nach dem griechischen Parnass, dem Berg der Musen, benannt. In Dingy erscheint dieser Gipfel der Künste wieder, als Zerrbild seiner selbst. In der Höhe ist man nicht wirklich; eher steckt man fest auf halbem Weg. Und auch die Frauen von Dingy haben wenig mit den griechischen Göttinnen der Inspiration gemein. Die alte, fleischige Wirtin weiß zuzupacken und ihr Geschäft zu führen. Unterstützt wird sie von ihrer Magd Marie, einer jungen Frau von etwa 18 Jahren, die als Riesin gezeichnet wird. Sie weist, so Hohl, ein »nicht gewöhnliches Maß von Idiotismus auf«, ist langsam in ihren Bewegungen, im Sprechen und Denken, nichts als »Masse« und Energie. Erzählt wird sie als Naturklischee: gewaltiges Lächeln, animalischer Körper und eine »verborgene riesige Sexualität«, so das Phantasma des Erzählers. Auch Mergault scheint ähnlich zu denken, er »griff an diesem Punkte vor allem an«. Marie erinnert an eine »sehr starke Kuh« (S. 21).

Die Beschreibungen sind verletzend. Sie waren es auch zur Entstehungszeit des Textes. Frauen als Teil der Landschaft, Frauen als fleischliche Dummmasse, Frauen als Versorgungsinstanzen (Essen und Sexualität), als Inspirations-Trampoline. All dies wird aufgerufen, grotesk verzerrt.

Doch dank Marie steht das Thema Sexualität, endlich, deutlich im (Text-)Raum. Verbunden wird es mit der Frage nach den Unterschieden zwischen Tier und Mensch. Mergault nimmt in den Augen des Erzählers zunehmend tierische Züge an. Doch liegt dies vielleicht vor allem daran, dass der Erzähler die eigene Hingezogenheit zu Mergault verdrängen muss?

Ein junger Mann in Dingy versucht, bei Marie zum Zuge zu kommen. Anders als der Text anfangs insinuiert, weist Marie ihn ab. Sie wird zu einer der starken Frauenfiguren der *Vorletzten Station.* Zunächst führen die Männer (der Erzähler und Mergault) das weibliche ›Personal‹ vor. Die Verhältnisse kehren sich um. Am Ende bestimmt Marie, was geschieht – durch ihr Nein. Und Madame Martinod steuert einen Wagen, dehnt ihren Wirkungskreis aus, zeigt ihre Macht.

Auch die Beschreibung Maries ist das Resultat einer Verschiebung. Gemeint ist durch Marie hindurch Mergaults sexuelle Kraft und homoerotische Ausstrahlung. Der Erzähler wehrt sie ab. Dies erklärt sein starkes Schwanken, wenn es um Mergaults Körperäußerungen geht. Zunehmend werden die Verbindungen zwischen den Figuren widersprüchlicher. Was etabliert wurde, wird verwischt. Der Erzähler, von Hohl als Spiegelbild des Autors gezeichnet, vollendet den Text nicht. Was wurde (nicht) gesehen? Was durfte (nicht) gelesen werden?

Selbst die Landkarte, gemeinhin fester und unhintergehbarer Teil einer Chronik, entpuppt sich als verzerrt. Das chronikale Erzählen unterläuft sich selbst:

> Ein Berg, eine Felsbrust, quasi fahrend, stand vor uns auf, immer höher sich reckend, von der Abendbeleuchtung lohend gemacht. Mergault selber, der wenig Beziehung zur Natur hatte, reagierte auf diesen Eindruck machtvoll. Zu Unrecht habe ich, als ich das Gemälde der ganzen Gegend entwarf, den Eindruck aufkommen lassen, als ob überall nur ferne und kleine Berge, etwa wie niedrige Rahmen, das Land umgrenzten; man muss oft, um nicht das Ganze zu stören, eine Einzelheit, die einmal stark wirkt, außer acht lassen. (S. 67 f.)

In nuce findet sich hier ein poetologisches Programm formuliert: Verschiebung, Auslassung und Fälschung sind notwendige Voraussetzungen dafür, um überhaupt etwas sagen zu können.

Kreisbewegung Männlichkeit

Das Genre der Chronik bedeutet, dass man eng fokussiert. Die Welt bleibt außen vor, um Ort X darzustellen. Dem Erzählvorhaben in *Die vorletzte Station* kommt dies entgegen. Entstehen soll – Mergault. Das Porträt eines Menschen. Immer von neuem wird er umkreist; immer von neuem nimmt der Erzähler im zweiten Teil des Textes Anlauf, ihn zu charakterisieren.

Chronikales Erzählen ist *per definitionem* flach. Es muss verzeichnen, was geschieht, sei dies klein oder groß. Das Erzählen soll sich durch bloßes Aufzählen ergeben. Keine Katastrophe; nicht die letzte Station (Mergaults Tod), nur die vorletzte. Doch was wäre das Ziel? Was geschieht mit der Spannung?

Hohl weiß um diese Schwierigkeiten. Er versucht, und das macht die *Chronik* narrativ interessant, ein richtungsloses Erzählen nach der Devise ›ich nummeriere und lasse mich dorthin treiben, wo vielleicht etwas sichtbar wird‹.

Hohl, der Erzähler der *Vorletzten Station*, ist ein Mann, der über einen Mann schreibt, Mergault. Hohl, der Autor, ist ein Mann, der über zwei Männer schreibt, den Erzähler Hohl und Mergault. Die Konstellation zweier aufeinander angewiesener Männer ist bei Hohl nicht neu. Auch in seinem bekanntesten Text, der *Bergfahrt*, ziehen zwei Männer gemeinsam in eine Gebirgslandschaft. Es erweist sich, dass nicht ›die Natur‹ das Gefährlichste ist. Am allergefährlichsten ist: der andere.

Und dann das Ich.

Man hat sich aneinander verschätzt. Konkurrenz entsteht, auch in *Die vorletzte Station* schwingt sie latent mit, wenngleich der Erzähler sie nicht zuzulassen scheint.

In der *Bergfahrt* gibt es ein klares Programm: den Gipfel. Die Protagonisten Ull und Johann sterben auf unterschiedliche Weise, der eine am Berg, der andere, nach dem Abstieg, im Wasser. Doch sie scheitern auf die gleiche Art: ein wenig am anderen und vor allem an sich selbst. Hätten sie sich auf ihrem Weg besser ausgetauscht, hätten sie überlebt. Sie gehören zusammen; man kann sie als *einen* Körper verstehen. Er wäre lang *und* beweglich, fest *und* erfahren. Johann lernt am Berg, er wird ein besserer Geher. Entscheidend jedoch wäre, wie der Text am Ende formuliert, der innere Austausch gewesen: Hätte Ull etwas vom Phlegma Johanns übernommen und Johann etwas von Ulls Energie, hätten sie sich während der Bergbesteigung nicht getrennt. Niemand wäre gestürzt, niemand ertrunken.

Spät und entkörperlicht erscheint sie auch in der *Vorletzten Station*: die Phantasie einer Verschmelzung. In Hohls versuchter Chronik sind die Rollen der beiden Männer von Anfang an anders verteilt. Mergaults Leben ist bedroht; er ist schwer krank. Der Erzähler bringt sich in eine Beobachterposition, die allerdings nicht stabil bleibt. Immer wieder muss er Abstand nehmen, neue Grenzen setzen. Anfang Juni zieht er in der Pension in ein weit von Mergault entferntes Zimmer. Der Mann, der nie Freund genannt wird, läuft ihm nach. Sie verhalten sich wie ein Planet und sein Mond, nur dass ständig wechselt, wer wer ist. Erst entzieht sich der eine, dann der andere; macht der eine sich frei, spürt der andere seine Abhängigkeit. Der Erzähler weist den sinnesfreudigen Kumpan brüsk von sich; er möchte schreiben. Nur um dann im Schreiben Mergault wieder und wieder zu evozieren:

> Mergault war nicht der Unglücklichste ... Er wusste zu sehr, allen scheinbar größenwahnsinnigen Reden zum Trotz, *wer* er war. Wohl hatte er gesagt: »Seulement les êtres impossibles sont possibles«, aber auch, vorher, und in viel weniger leichtem Ton: »Nous sommes des êtres impossibles.« – Er wusste etwas, allen seinen Schwärmereien und Wahnreden zum Trotz. (S. 126f.)

Unkörperlich, in schriftlicher Form scheint Mergault den vor dem eigenen Begehren halb fliehenden Erzähler weniger zu bedrängen. Doch der Zugriff gelingt weiterhin nicht wirklich: Das ›Wissen‹ des Erzählers über den Gegenstand seines Textes bleibt vage. Zunehmend unterstellen Hohl und Mergault einander das jeweils Schlimmste. Der Erzähler sieht nur mehr die Trunksucht seines Gegenübers mitsamt seiner körperlichen Ekel-Produkte. Mergault hingegen betreibt erstaunlich wortgewandt, was der Erzähler seine »Milieupolitik« nennt.

> Von ungefähr Mitte Juni an begann mir Mergaults Milieupolitik – die ich längst schon genügend beobachtet hatte – ausgesprochen widerlich zu werden, weil er sie

> in ihrer stets wandelnden Richtung für einmal gegen mich gewendet hatte, d. h. die Leute aufhetzte. Dadurch geriet ich in eine Art Isolierung hinein in der Pension. Erfahrung am eigenen Leibe lehrt sehen: Ich hatte gemeint, die Art von Mergaults Vorgehen schon genügend erkannt zu haben, jetzt wurde mir die Figur erst viel brennender klar. Wiederum könnte die Affektstimmung den Blick trüben – aber ich kann schließlich nichts anderes wiedergeben, als was ich, mit oder ohne Affekte, gesehen habe. (S. 116)

Klarer lässt es sich nicht sagen: dahin ist die neutrale Beobachterposition. Zunehmend zerfällt der Text in Episoden. Eine anarchische Kraft scheint sich hervorzuschieben: Unversehens kippt das Erzählen in ein patriarchales Stereotyp, den bissigen Schwank »über die Weiber«, ihr unbotmäßiges (bedrohliches) Begehren, ihren Sadismus. Die jungen Frauen in der Modefabrik nehmen einen Mann gefangen, der einer von ihnen nachstellte. Sie entkleiden ihn, binden ihm den Penis mit einem Strick ans Bein und werfen ihn nackt auf die Straße. Eine Fremde erscheint, »Madame Druquer, ein dickes wildes Weib ca. 40 Jahre, mit Wolfshund« (S. 132), sie lässt die Peitsche pfeifen, angeblich auch ausführlich auf Mergault. Selbst die alte Wirtin verwandelt sich: Ein altes Auto wird aus der Garage geholt, anfangs hilft der Briefträger, auf der Rückfahrt sitzt Frau Martinod selbst am Steuer, unter großem Johlen fährt der Wagen vor, immens verspätet. Der Grund für die Verspätung wird gezielt verschwiegen, doch die Sprache des Textes spricht Bände. Die zuerst an Marie ›festgestellte‹ starke Sinnlichkeit bricht in ebenjenem Augenblick auf, in dem der Erzähler von Mergault durch dessen Wort- und Charmekunst eingekreist ist und sein eigenes Verhältnis zu diesem Mann in keiner Weise mehr unter Kontrolle bringt.

Aus dem Labyrinth der Projektionen und Hypothesen findet der Erzähler nur mehr durch Flucht heraus. Anders als der Chronist kann Mergault sich erfolgreich mit seiner Umgebung verständigen, weil er die Kunst der detaillierten Beobachtung beherrscht. Dem Erzähler gelingt sie der Landschaft gegenüber; Menschen, Männer, fallen ihm schwer. Charakterzug um Charakterzug wird Mergault zugesprochen; doch das meiste bleibt (absichtlich?) raunend, ja kryptisch. Dass Mergault Menschen bzw. Männer als unmögliche Wesen bezeichnet – *des êtres impossibles* –, ist als Metapher eingängig, als Syllogismus unvollständig und leicht auf die Erzählung anzuwenden. Doch Aussagen wie: das Wertvollste an Mergault sei gewesen, dass er »wusste, dass man den andern etwas geben müsse, nicht erwarten dürfe, von ihnen ausgehalten zu werden, Unbezahltes zu empfangen« (S. 55), wirken nahezu gewollt irreführend: Mergault mutet sich allen zu. Er weiß, dass sie ihn aushalten müssen, und erwartet ebendies auch von ihnen. Der Betrunkene erleidet einen seltsamen Sturz, Grasflecken auf seinem Hemd (im Kapitel *Genrebild*) geben davon Kunde; eine Stelle für den Sturz lässt sich im Gelände indes nicht finden. Der Körper Mergaults entzieht sich der Lesbarkeit. Die Wortsprache (Mergaults Aussage) und die Spuren seines Körpers in der Landschaft können nicht zur Deckung gebracht werden.

Auch der Erzähler verliert den Boden unter den Füßen.

Ohne Wort für Mergault verlässt er am Ende die Pension, man lacht hinter ihm her, lacht dabei über Mergault, so nimmt er an, vielleicht aber lacht man auch über ihn, über alles, den ganzen Versuch, die *Chronik* selbst.

Die Schreibwerkstatt

Als Autorin meine ich zu verstehen, was sich für Hohl im Schreiben des Textes vollzieht. Unwillkürlich gewährt der Entwurf einen tiefen Blick in die Schreibwerkstatt.

Die vorletzte Station zersetzt sich dem Autor, wie auch das größere Projekt, zu dem sie gehören sollte, unter der Hand. Nur mehr Einfälle bleiben, Schwankartiges wird erzählt. Nichts davon ist neu, es wird nach Dingy transponiert. Die Wirtin denkt an Profit, serviert Forellen, die keine sind, betrügt die Gäste. Das Dargebotene erinnert an Kalendergeschichten, Anekdoten, Versatzstücke des Laientheaters.

Anfangs trieb eine andere Kraft den Text. So beginnt man in guten Fällen: auf einen Zuruf hin. Den man von fern hört, nicht genau versteht. Ebendeswegen ist er der Richtige. Man muss sich nähern, den Weg im Gehen (er)finden. Das gelingt nicht immer. Schritt um Schritt voran. Man merkt, dass man fehlgeht, kann mitunter zurückgehen, einen zweiten Weg versuchen.

Hohl gibt sich mit der Gattung »Chronik« eine Richtschnur. Doch zu dieser ersten Ausrichtung müssen weitere treten, Themen und Konzepte müssen entwickelt und geformt werden. Erst sie erlauben, zum Beispiel, einen Text zu kürzen. In der *Bergfahrt* gelingt dies. Eine weitere kalenderhafte Berggeschichte kommt in den Sinn, Johann Peter Hebels *Unverhofftes Wiedersehen*. Auch diese Erzählung gibt sich einen chronikalen Anstrich. Doch mitten im Text werden in einem atemberaubenden Zoomverfahren 50 Jahre gerafft. Die Chronik verdichtet sich. Wie Karlheinz Stierle an diesem Beispiel darlegt,[2] bilden literarische Texte verschiedene Schichten auf unterschiedlichen Abstraktions- und Verflechtungsebenen. Themen bleiben nicht geheim; Motive werden ausgelegt, Konzepte entwickelt. In der Liminalität von Hohls *Chronik* ist all dies angelegt – der liminale Raum an sich wäre bereits ein derartiges Konzept –, doch der Entwurf bleibt stecken. Warum dem so war, kann nur Spekulation bleiben. Man denkt an Tabus, Ängste. Das Thema der Männerliebe. Die Veröffentlichungssituation.

Auf dem Foto, das Ludwig Hohl 1945 in seiner Genfer Kellerwohnung in der Rue David Dufour zeigt, sieht man einen ernsten jungen Mann in einer weißen Jacke oder einem hellen Kittel, der an medizinische Kontexte erinnert, an einer schwarzen Schreibmaschine sitzen (vgl. Bildteil, Abb. 1). Die Wand neben und hinter ihm ist mit Papier ausgekleidet. An Leinen, so der Eindruck, sind jeweils mehrere beschriebene Seiten mit Wäscheklammern so befestigt, dass sich säuberliche Stapel und Zeilen ergeben. Das Foto wirkt wie ein Bild für den Schreibvorgang selbst: In Form

2 Karl-Heinz Stierle: *Die Struktur narrativer Texte*, in: ders., *Text als Handlung*. München: Fink 2012, S. 201-218 (Erstveröffentlichung 1977).

von Gegenständen (beschriebenes Papier) macht es sichtbar, was soeben im Kopf des abgebildeten Menschen und auf dem Blatt in der Maschine entsteht. Ein Kreisschluss. Ein Schreiben aus dem Schreiben heraus, in das Schreiben hinein.

Berge von Papier: beweglich, halb leer. Was wartet, was aufgefädelt werden will – zu einer ›Geschichte‹. Und dann in eine Erzählung gebracht sein muss.

Hier, zwischen Geschichte (der Chronik, dem Gerüst) und dem Erzählen (dem gestalteten literarischen Text) bleibt *Die vorletzte Station* stehen.

Sie versucht in verschiedensten Formen, Schweigen und Sprechen mitzuerzählen. Mehrfach wird betont, dass etwas *nicht* berichtet wird. Der Erzähler scheint zwischen den Sprachen zu stecken. Man spricht Französisch in Dingy, er schreibt auf Deutsch, Mergault entdeckt eine »chevelure hohlesque« oder »l'index gauche du sieur Hohl« (S. 57), Haar und Fingerabdruck also, Körperspuren. Versehen mit einer französischen Anrede-Kurzform (»sieur«), gesprochen als »ool«, taucht der Name des Autors selbst auf. Mergault soll das deutsch Geschriebene ins Französische übersetzen. Der Erzähler, beider Sprachen mächtig, kontrolliert diesen Vorgang. Hier verschmelzen nicht die Körper der beiden Männer, wohl aber ihre Stimmen. Doch auch das geht nicht gut. Einmal bringt Mergault nichts zustande; das andere Mal arbeitet man zusammen, aber kann das Ende nicht fassen.

So wenig wie der Autor Hohl das Ende der *Chronik* zu fassen bekommt.

Ihr Thema?

Stadt und Land. Essen und Nichtessen. Das Fließen der Säfte: Benzin, Speichel, Sperma, Urin, Kotze, Schleim.

Äußerung? Vielleicht. Doch immer auch als Entäußerung gedacht.

Hohls nature writing

Ein Vermittlungsglied zwischen Geschichte und Erzählung bilden Ludwig Hohls Darstellungen gebirgiger Landschaften. Sie sind *nature writing* in einem sehr spezifischen Sinn.

Das Wort ›Beschreibung‹ würde in die Irre führen. Im geläufigen Verständnis setzt es ein Subjekt-Objekt-Verhältnis voraus (die Natur als Gegenstand). Dieses Verhältnis ist (eine verbreitete) Fiktion.

Bei Hohl sehen wir ›Natur‹ ihrerseits als Effekt der Schrift. Die Beschreibung beschreibt nicht, sie erzeugt. Hohl ist ein Meister des Sehens, das Weglassen heißt.

Beim Lesen seiner Schroffen, Wände, Felsen und Kanten stellt sich das Gefühl ein, jemand setze einem den Zeichenstift im Kopf an. ›Natur‹ erscheint eigenmächtig. Als Protagonistin. Sie ist nicht ›belebt‹. Fremd steht sie da, zeigt sich in dieser Fremdheit als mit menschlichen Wörtern bekleidet. Ihr Wirken hingegen – ist anders.

Entrückt?

Gleichgültig?

Nein. Der verstörendste Aspekt der *Vorletzten Station*: Sie handelt davon, wie eine Landschaft, ein bergiges Gefälle, an Schräubchen in den anwesenden Menschen dreht. Sie fangen an, sich anders zu verhalten als in den Räumen, aus denen sie angereist sind.

In *Die vorletzte Station* vergeht mehr Zeit als in der *Bergfahrt*. Der Mechanismus des Eingriffes der Landschaftsformationen in den Menschen zeigt sich dementsprechend in beiden Texten in je unterschiedlicher Stärke und Geschwindigkeit.

Natur wird in diesem *nature writing* also weder als Objekt der Beschreibung gesehen noch als Subjekt imaginiert. Sie ist verstanden als etwas, das in den Menschen einwandert. In das Subjekt Mensch übergreift und dort wirksam wird. Der Mensch glaubt noch, sie zu sehen/zu beherrschen, da wird er schon von ihr geformt.

Die Chronik als liminale Schrift

Liminal ist Hohls Chronik nicht nur in den Nähe-Ferne-Räumen, die sie versucht entstehen zu lassen. Schon die Region, in der sich die Handlung vollzieht, ist sowohl sprachlich als auch körperlich ein Grenzraum: man begegnet sich in einem Kessel. Versucht, sich zurückzuziehen. Bleibt verbunden.

Liminal auch das Haus, in dem Mergault und der Erzähler unterkommen. Es steht nicht in dem Dorf, zu dem es gehört, liegt auf halbem Weg zwischen Verbindung zur Welt und Abgeschiedenheit. Dunkel wird das Tal. Es wirkt wie ein Bauch.

Liminal Mergault. Er spricht wenig Substantielles. Teilweise spricht er nicht, ist nur *da*. Das Buch, das er schreiben will, wird nie geschrieben. Es hat einen Titel, der mit drei Punkten beginnt (Zeichen all dessen, was fehlt). Er lautet … »fut Dieu« (er ward Gott). Dank des Schwellenraumes wirkt dieses Thema weniger bizarr als im ersten Augenblick: Mergault ist Mensch, Tier, Gott? Wo verliefen die Grenzen? Was bedeutete das eine oder das andere?

Liminal die Poetologie: Eine *Chronik* kann auch als eine Strategie der Einfachheit und Entästhetisierung verstanden werden. Ebendies lobt der Erzähler an seinem Freund-Nichtfreund: »Er verbarg seine Leidenszustände nicht aus ästhetischen Gründen, denn niemand hat weniger Rücksichten auf Ästhetisches genommen als Mergault, das sei zu seiner Ehre gesagt« (S. 55).

Ein befremdliches Lob aus dem Mund eines Schriftstellers, möchte man meinen. Denn wie kann man erzählen, wenn man keine Rücksicht auf Ästhetisches nimmt, es ignoriert?

Was tritt an seine Stelle? Die Scham?

Mergault »verbarg, weil ein weitere Zusammenhänge begreifendes Denken ihn dazu zwang« (S. 55). Doch was dieses Denken sein sollte, wird nicht gesagt.

Im Nichts-zu-sagen-Haben Mergaults versteckt sich das Schreibenwollen. Der Ich-Erzähler schreibt, entpuppt sich indes als unzuverlässige Figur. Der Autor seinerseits mischt sich in diesen Erzähler ein, allerdings nur in einer fremden Sprache, und aus dem Mund eines anderen. Anders als der Ich-Erzähler in Sebalds *Austerlitz*, der vorgibt, sich an alles zu erinnern, gibt Hohls Ich-Erzähler zu, alles vergessen zu haben bzw. vergessen zu wollen. Abgründe allenthalben: ein Ich schreiben. Aber nur einen Titel, der wie ein Ende klingt (... »fut Dieu«), hinbekommen oder eine Erzählung mit drei Titeln und ohne Ende. Kein greifbares Thema haben, sondern derer zu viele: Gott und die

Welt. Dennoch schreiben wollen. Ein Text, der aus Räumen des Schweigens herauspräpariert wird (Vorgeschichte des Ich-Erzählers, das Leben in Montparnasse) und von ihnen umstellt bleibt. Am Ende: die Auflösung in Gerüchte. Wie starb Mergault?

Niemand war dabei.

Am Ende: Einsamkeit. Und unmittelbar zuvor ein als mächtig imaginierter performativer Sprechakt: ein Fluch. Dieses Ende ist kein Zufall, auch wenn der Text in den Seiten davor merklich nicht fertig geschrieben ist. Er ist Teil der Entäußerungen.

Entäußerung: Sprache am Rand der Semantik

»Es ist schwer, eine Landschaft detailliert zu beschreiben, ohne dass sie aus den Augen mit ihren *wesentlichen* Eigenschaften entflieht.« (S. 27)

Liminal ist in *Die vorletzte Station* auch die Sprache selbst. Im Deutsch des Erzählers (auch des Autors?) bleiben französische Konstruktionen stehen. Der Ich-Erzähler erkennt:

> Ich hatte bald gesehn, dass ich mich darauf beschränken müsse, zuzuhören, und besser verzichtete, wenigstens im Prinzip, selbst zu reden: Mergault fürchtete sich so sehr, dass man ihm etwas sage! – Er stopfte sich die Ohren zu, er wollte genießen, genießen, d. h. überschäumen, reden, reden! Wenn wir dann beide recht belebt waren (von Getränken nämlich) und ich mitbrüllte, zusammen mit ihm brüllte: das ging, das ließ er sich gefallen. (S. 35 f.)

Im Brüllen tritt Semantik zurück – es kommt immer weniger darauf an, dass man etwas ›versteht‹, gar sich austauscht. Man gibt Laut. Übt Macht aus. Sprache erscheint als Waffe – und als Quell der gemeinsamen Lust. Brüllen zu zweit macht Spaß.

Gebrüll begleitet Kämpfe und Sexualität. Die unterdrückte Homoerotik zwischen Hohl und Mergault: erneut tritt sie hervor.

Sie ist aufs Engste mit dem Schreiben verbunden. Zu den besonders eindrücklichen Bildern des Textes gehören die Nachtwanderungen der beiden Protagonisten. Der Erzähler betont, seinen Schilderungen hier etwas nachtragen zu müssen, um das vollständige Bild eines Tages in Dingy zu geben. Wie richtig: In der Nacht wird das Körperliche zwischen Mergault und Hohl gesteigert. In der Nacht wird erneut ein Grenzbereich der Sprache erreicht: Semantik löst sich auf zugunsten lustvoller gemeinsamer Brüllerei:

> Wenn wir zusammen ankamen, pflegten wir, sobald wir den Bogen der Straße hinter uns hatten, ein unermessliches, jubelndes und heulendes Geschrei von uns zu geben, bald zweistimmig, bald einzeln, uns gegenseitig zu höherer Leistung anfeuernd. Das waren nochmals Momente von Seelenharmonie. Die Hunde bellten und kamen uns in rasendem Galopp entgegengesaust, man wusste nicht genau, erkannten sie uns oder nicht, sie waren quasi auch außer sich und sausten, immer noch heulend und bellend, wie Kugeln durch die Nacht wieder davon. Nur der größere, Ponette, wurde dann freundlicher und zersprang fast vor Kundgebungen der Sym-

> pathie. Wenn es uns gelungen war, selbst Marie aus ihrem Schlaf zu bringen, so dass sie am nächsten Tag von der nächtlichen Apparition in Tönen erzählte, war unser Ehrgeiz am meisten befriedigt. [...] An andern Abenden kam Mergault allein an, singend oder nicht, den Schrei der Nacht (»le cri de la nuit«, er belehrte die Leute, dass das Ding sich so nenne) von sich gebend oder zurückhaltend; manchmal gab er ihn nur klein und bescheiden, wenige Male von sich. Aber bisweilen hörte ihn ein feines Ohr von unendlich weit her, wann er kaum Dingy verließ; dann machte man sich auf eine besondere Besoffenheit gefasst. (S. 70f.)

Le cri de la nuit hat keine Bedeutung. Er ist sein eigener Vollzug. Seine Botschaft: dass er stattfindet. Das Heulen der Hunde unter dem Mond. Das Rufen der Menschen durch die Nacht im Gebirge für menschliche und hündische Ohren.

Kurt Schwitters, der im Sommer 1941 vor den Nationalsozialisten nach England floh und für mehr als ein Jahr auf der Isle of Man in ein Lager für Enemy Aliens gesperrt wurde, machte dies ebenfalls. Schlief unter dem Bett und heulte nachts aus dem Fenster hinaus quer durch das Lager. Bis jemand antwortete. Dann heulten sie zu zweit.

Verkündeten: »Wir sind noch da.«

Wir lassen uns nicht bezwingen.

Schrien, »um dem Gefängnis zu entrinnen«. So fasst Ludwig Hohl die Motivation seiner Berggänger in der *Bergfahrt* zusammen.

Der Satz lässt sich probeweise auf *Die vorletzte Station*

übertragen. Handelt der Text von Gefangenschaft? In einem Körper, einem Lebensentwurf, einer (zu fest geschriebenen) Identität, die sich kaum verflüssigen lässt. Erneut ist ein Männerpaar im Gebirge unterwegs: der eine gewandt in der Schrift, der andere bei Menschen, dann wieder beide stumm. Der Ich-Erzähler nimmt etwas auf von Mergault. Man brüllt: Man will gehört werden, sich entäußern, als Apparition erscheinen. Das Engel-Tier-Mensch-Thema klingt an. Mitunter hingegen schreit Mergault allein. Der Erzähler schweigt und lauscht. Kann man sie lesen, die ekelhaften, lustvollen, anziehend-abstoßenden Menschenkörper – ihre schroffen Gestalten, ihre unerzählbaren Enden, ihre wilden Frauen und miteinander verschlungenen Männer – im Gesang der Nacht?

Und wenn ja: Wie kann man ihn schreiben, diesen Gesang?

BILDTEIL

Abb. 1: Ludwig Hohl beim Schreiben (ATP Bilderdienst Zürich, 1945, Fotograf unbekannt).

Abb. 2: Historische Ansichtskarte der Pension Martinod in Dingy-Saint-Clair.

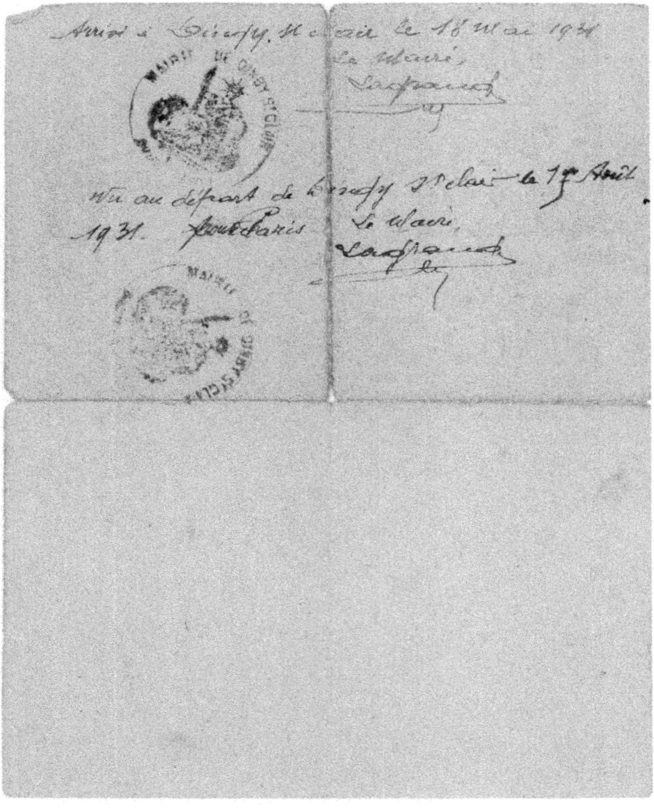

Abb. 3: In Dingy-Saint-Clair neu ausgestellte Identitätskarte Ludwig Hohls.

Abb. 4: Letzte Seite des Typoskripts der *Chronik Dingy* mit handschriftlicher Schlussvariante und eingeklebter Postkarte.

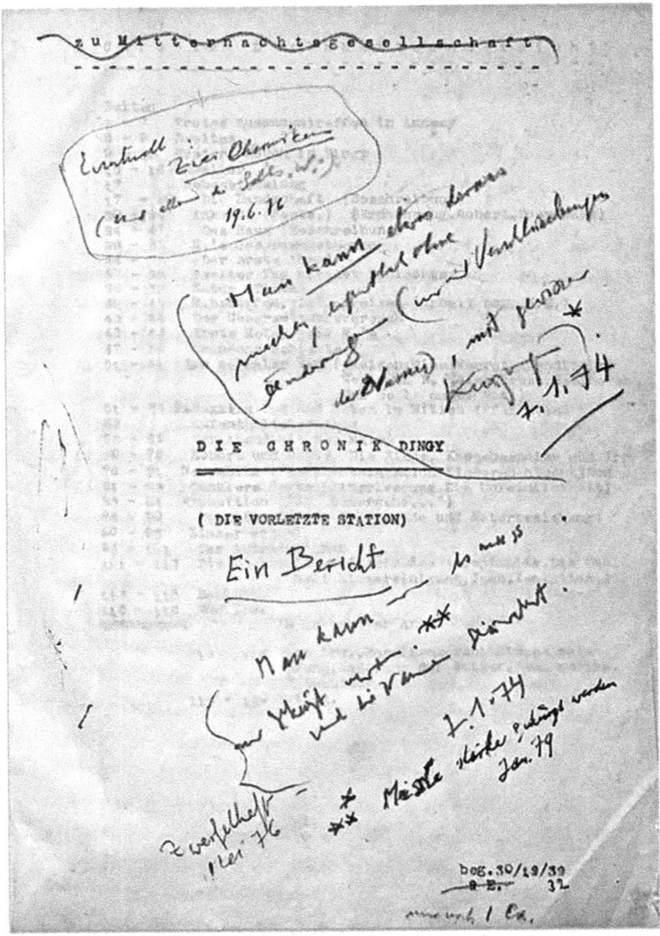

zu Mitternachtsgesellschaft

Eventuell Zwei Chroniken

19.6.76

Man kann

7.1.74

DIE CHRONIK DINGY

(DIE VORLETZTE STATION)

Ein Bericht

Man kann

7.1.74

Jan. 79

bog.30/12/39

32

Abb. 5: Titelblatt des Typoskripts zur *Chronik Dingy* (1932).

STELLENKOMMENTAR

S. 7 *Dingy*: heute Dingy-Saint-Clair, eine in der Nähe von Annecy gelegene französische Gemeinde (Département Haute-Savoie, Région Auvergne-Rhône-Alpes).

S. 7 *Mergault*: Georges Mergault (1885-1932), historisch verbürgte Figur aus dem Montparnasse; vgl. Anna Stüssi: *Ludwig Hohl. Unterwegs zum Werk. Eine Biographie der Jahre 1904 bis 1937*. Göttingen: Wallstein 2014, S. 226-228. Mergault kam in Saint-Nazaire zur Welt und war um 1910 ein bekannter Rugbyspieler in Frankreich und in Wales. Im Ersten Weltkrieg kam er vor das Kriegsgericht und dann ins Gefängnis wegen Desertion. Nach dem Krieg führten ihn seine literarischen Ambitionen in die Künstlerkreise des Montparnasse. Nesto Jacometti porträtierte ihn in seinen *Têtes de Montparnasse* (Paris: Librairie P.M. Villain, 1934, S. 84ff.) als Saufkumpan des Malers Léonide Petroff, der wiederum als eines der Vorbilder für die Hauptfigur in Hohls Novelle *Die seltsame Wendung* diente.

S. 9 *Zink*: Analogiebildung aus frz. *zinc* für ›Theke‹, ›Tresen‹, die häufig mit einer Deckplatte aus Zink ausgestattet waren.

S. 10 *lésion aux poumons*: früher Sammelbegriff für diverse Lungenkrankheiten.

S. 11 *detraquiert*: Analogiebildung aus dem französischen Verb *détraquer* für ›beschädigen‹, ›verderben‹, ›kaputtgehen‹, ›verrückt werden‹.

S. 11 *besoffene Betty*: Möglicherweise ist die Dirne Betty gemeint, die Hohl auch in seinen *Epischen Grundschriften* aus der Pariser Zeit von 1929/30 erwähnt (EG 19, 2., 5. u.

21. 11. 1929, SLA-Hohl-A-04-a-30; vgl. Stüssi, *Hohl*, a. a. O., S. 166).

S. 12 *Madame Martinod*: Inhaberin einer Pension in Dingy; historisch ist ein *Hôtel du Fier* in Dingy verbürgt, das auf den Namen Martinod lief und auf Postkarten aus der Zeit abgebildet ist (vgl. Bildteil, Abb. 2).

S. 13 *telephonierte an*: Helvetismus.

S. 15 *Der Mann, der ihn letztes Mal den Autobus verspäten machte*: Analogiebildung aus frz. ›l'homme qui lui avait fait manquer le bus la dernière fois‹.

S. 16 *Skandal*: Heftige Eifersuchtsszene, als Hohl seine ehemalige Geliebte Lili Marbach, die er 1923 in Zürich kennenlernte, in Begleitung ihres neuen, bessergestellten Freundes durch die Rue Royale von Annecy spazieren sieht. Der Schilderung Marbachs zufolge soll sich der volltrunkene Hohl auf offener Straße als »Poet ausgerufen« und sich dabei »lächerlich« gemacht haben; vgl. Stüssi, *Hohl*, a. a. O., S. 224.

S. 16 *»Da fängt rings weit das Wasser / weißblau zu schimmern an / Aus Wiesen steigt ein nasser / Grasfittich himmelan.«*: Diese Verszeilen notierte Hohl damals direkt in sein Heft der *Epischen Grundschriften*; vgl. EG 26, 29. 04. 1931, SLA-Hohl-A-04-a-37. Sie erinnern stark an seine lyrischen Anfänge; vgl. Ludwig Hohl: *Gedichte*. Konstanz: Oskar Wöhrle 1925.

S. 17 *Défilé von Dingy*: markanter Engpass in der Schlucht des Flusses Fier zwischen der Montagne de Lachat und dem Mont Baret, südwestlich von Dingy.

S. 17 *Ansichtskarte*: Vgl. Bildteil, Abb. 4.

S. 17 *»da tut sich ein lachend Gelände hervor«*: Vers 15 aus Friedrich Schillers *Berglied*.

S. 20 *[...] wie ein Bergsturz*: Im Typoskript folgt die gestrichene Stelle: »erschütternd in seiner Naivität«.

S. 20 *Seidenweberei von Faverges*: Faverges liegt ca. 20 km südöstlich von Annecy. Die Spinnerei gehörte der Schweizer Familie Stünzi, Industrielle aus Horgen. Das dazugehörige Arbeiterinnenheim wurde von Naëmi Marbach geleitet, einer Verwandten von Lili Marbach (vgl. Anm. *Skandal* zu S. 16).

S. 21 *starken Fleischmassen*: Im Typoskript wurde das Adjektiv »riesigen« durchgestrichen und durch »starken« ersetzt.

S. 21 *von der sie keine Ahnung hatte*: im Typoskript handschriftlich in eckigen Klammern vermerkt: »[vielleicht]«.

S. 21 *Petroff*: der Maler Léonide Petroff, von Hohl unter dem Namen Balboff in seiner Novelle *Die seltsame Wendung* porträtiert. Auch der mit Hohl befreundete Oser Warszawski (vgl. Anm. *Warschawski* zu S. 139) erwähnt den Maler in seinem Buch *L'Arrière-Montparnasse*: »Er spielte Tag und Nacht den Bohemien. Er war Maler. Er war Russe. Er stürzte sich buchstäblich in den Abgrund des Lebens am Rond-point de Montparnasse. Nach ein paar Tagen hing er schon stumm in den Cafés, kippte ein Glas oder zwei, fünf, sogar mehr, wie die anderen ›Älteren‹, die das vor ihm durchlebt hatten.« (Zit. n. Ludwig Hohl: *Es ist schwer, so ins Dunkle zu reden. Briefe an Isak Grünberg 1930-1937*, hrsg. v. Rudolf von Bitter. Wädenswil: Nimbus 2011, S. 104).

S. 21 *Blümchen*: im Typoskript durchgestrichen: »Blumen, nur zwei oder drei gelbe«.

S. 22 *en famille*: ersetzt im Typoskript die durchgestrichene Wendung »mit der Familie«.

S. 22 *je m'envoie un litre et demi*: ›Ich verabreiche mir anderthalb Liter‹.

S. 30 *Loutraz*: Teil der französischen Gemeinde Modane im Département Savoie (ca. 100 km südöstlich von Annecy), wo sich Hohl im Sommer zum Bergsteigen aufhielt.

S. 32 *gewann [...] die Pension Martinod wieder*: Analogiebildung aus dem frz. ›je regagnai la pension M.‹.

S. 36 *fut Dieu*: frz. für ›[er] ward Gott‹. Mergault bezieht den Titel offensichtlich auf sich und sein Renommee im Montparnasse, wie spätere Bemerkungen (auf S. 86 u. S. 119) erkennen lassen.

S. 36f. *der vorausgehenden Chronik*: Es handelt sich um die weiter unten (s. Anm. *Chronik IEA* zu S. 50) erwähnte Chronik *IEA*, die nicht überliefert ist.

S. 40 *Francis Carco*: französischer Schriftsteller (1898-1958), der in den Bohème-Kreisen des Montmartre verkehrte und u.a. mit Guillaume Apollinaire und Amedeo Modigliani befreundet war. Viele seiner Romane spielen in diesem Künstler- und Rotlichtmilieu.

S. 41 *André Gide*: Von Gide sind keine Übersetzungen George Bernard Shaws bekannt.

S. 44 *Freundin Modiglianis*: Jeanne Hébuterne (1898-1920) war selbst Malerin und Modell und nahm sich zwei Tage nach Modiglianis Tod das Leben.

S. 44 *béton armé*: frz. für ›Stahlbeton‹; unklare Anspielung im Text, womöglich auf die harte Fassade der Person.

S. 45 *zu geben*: im Typoskript überschrieben: »zu erläutern«.

S. 46 *Ich erwachte [...]*: Im Typoskript beginnt der Abschnitt mit der Klammerbemerkung, die hier weggelassen wurde: »(Über einen Traum in der folgenden Nacht, der nicht in den Rahmen dieser Chronik passt, s. 1.B.)«.

S. 46 *meine Meinung*: im Typoskript überschrieben: »mein Eindruck«.

S. 46 *einzuränken*: schweizerdeutsch ugs. für ›etwas in die Wege leiten‹.

S. 48 *N.E.*: Gemeint ist die Erzählung *Und eine neue Erde*; enthalten in der Erstausgabe von *Nächtlicher Weg* (Zürich: Morgarten Verlag, 1943), wiederabgedruckt im postum von Johannes Beringer herausgegebenen Erzählungsband *Und eine neue Erde* (Frankfurt a.M.: Suhrkamp, 1990).

S. 50 *Chronik IEA*: Hohl erwähnt in der *Agenda von 1932* im Eintrag vom 16./17. November erstmals eine »Chronik – iea« als »Anhang zur Mitt. Gschft.« (Mitternachtsgesellschaft). Die Chronik ist nicht überliefert, das Akronym ließ sich nicht entschlüsseln.

S. 51f. *»das Blatt«*: Erzählung von Ludwig Hohl; Erstdruck in *Kölnische Zeitung, Unterhaltungsblatt* (16.04.1932), wiederabgedruckt in *Simplicissimus* (München, 16.07.1933), *Die Zeit* (Bern, 01.04.1937), *Der Landbote* (Winterthur, 23.07.1938), *Basler Nachrichten* (12.11.1939), *Das ideale Heim* (Winterthur, Nov. 1939), *Luzerner Neuste Nachrichten* (26.01.1941), *National-Zeitung* (Basel, 12.08.1942), *Du* (Zürich, Okt. 1943) und ff.; aufgenommen in *Nächtlicher Weg. Erzählungen*. Mit 15 Federzeichnungen von Hanny Fries (Zürich: Morgarten Verlag, 1943); auch in der vom Autor stark gekürzten Neuauflage bei Suhrkamp (Frankfurt a.M., 1971) enthalten.

S. 53 *»... Et il le savait: [...]«*: Übersetzung eines Satzes aus der Erzählung *Das Blatt*; vgl. Hohl, *Nächtlicher Weg*. a.a.O., S. 8: »Und er wußte, der Wind hat es weggenommen oder der Schritt eines Menschen. Da sank auf ihn die große Traurigkeit. Und dann sang doch wieder eine ferne Freude: denn an ihm lag es nicht, wenn das Unglück kam.«

S. 54 *überhüllen*: im Typoskript überschrieben: »überschatten«.

S. 55 *Herrn Z.*: nicht ermittelt, da die erwähnte Chronik nicht überliefert ist (s. Anm. *Chronik IEA* zu S. 50); aufgrund der distanzierten Formulierung (Herr Z.) ist eher unwahrscheinlich, dass Eduard Zak damit gemeint ist, mit dem Hohl in der gemeinsamen Montparnasse-Zeit eine enge Freundschaft verband. Sie kultivierten den dionysischen Rausch und erlebten etliche Abstürze; vgl. Stüssi, *Hohl*, a.a.O., S. 173f.

S. 56 *die ich vielleicht*: im Typoskript überschrieben: »andere[s] Temperament«.

S. 59 *eine Zeit*: im Typoskript überschrieben: »wochenlang«.

S. 61 *satyrische*: im Typoskript durchgestrichen: »spitze«.

S. 63 *wirklich*: im Typoskript durchgestrichen: »in der Folge«.

S. 63 *rascher bereit sein*: im Typoskript folgt der durchgestrichene Satz: »Er übernahm dieses Geschäft, nicht Marie.«

S. 64 *schon erwähnten kleinen Fabrik*: Siehe oben die Erwähnung des »großen Haus[es], hinter dessen Fenster ich viele

Mädchen arbeiten sah« (S. 17). Möglicherweise handelt es sich um die *Manufacture de bonneterie*, die 1895 oder 1896 in Annecy durch Gustave Emil Haase und Paul Rau gegründet wurde. Die Fabrik stand auf der Île Saint-Joseph des Flusses Thiou in Annecy, es gab aber auch Zweigstellen in Thônes und Dingy-Saint-Clair. Das Unternehmen florierte zu Beginn des 20. Jahrhunderts mit über 250 Angestellten. Auf mechanischen Strickmaschinen wurden aus Woll-, Baumwoll- und Seidengarnen alle Arten von Unterwäsche und Socken hergestellt.

S. 65 *böse*: im Typoskript überschrieben: »dumm«.

S. 66 *viel Marc*: Tresterschnaps, hergestellt aus Pressrückständen wie Traubenschalen und -kernen.

S. 67 *Revue »Detective«*: ein von Gaston Gallimard publiziertes Kriminalmagazin, das noch heute unter dem Namen *Le Nouveau Détective* erhältlich ist. Der Originaltitel wurde von 1928 bis 1940 herausgegeben und enthielt u. a. auch Beiträge renommierter Autoren wie André Gide oder Georges Simenon.

S. 69 *in angeheitertem Zustand*: im Typoskript überschrieben: »[Seelen] von Sensationen«.

S. 71 *eher*: im Typoskript durchgestrichen: »mehr«.

S. 74 *Carte d'identité*: Die neu in Dingy ausgestellte Identitätskarte ist im Nachlass des Autors im Schweizerischen Literaturarchiv (SLA) in Bern überliefert (SLA-Hohl-C-02-b-5; vgl. Bildteil, Abb. 3).

S. 75 *Mairie*: frz. für ›Verwaltungsgebäude‹.

S. 80 *Ziege*: Vgl. das Gleichnis *Die Ziege von Dingy* in Ludwig Hohl: Die Notizen (Berlin: Suhrkamp 2014), S. 768f. (XII, 141).

S. 88 *verspäten gemacht*: Analogiebildung aus dem Französischen (s. Anm. *Der Mann, der ihn letztes Mal den Autobus verspäten machte* zu S. 15).

S. 94 *Coupole*: bekanntes Pariser Restaurant im Montparnasse-Viertel, in dem auch Ludwig Hohl verkehrte.

S. 96 *»Rosset«*: kleines, günstiges Restaurant, das Hohl als Stammkneipe während seines Aufenthalts in Annecy diente; vgl. Erwähnung in EG 26, 29.04.1931, SLA-Hohl-A-04-a-37: »wie immer bei Rosset zu Abend gegessen«; siehe ebenso den Eintrag »Rosset, Café, 7 r. Grenette, Annecy« in Hohls Adressbuch, SLA-Hohl-C-2-f-3.

S. 97 *Col de Bluffy*: kleine Erhebung oberhalb des Lac d'Annecy, ungefähr 10 Kilometer von Annecy entfernt.

S. 100 *W.*: Es könnte der polnisch-jiddische Schriftsteller Oser Warszawski gemeint sein, eine Montparnasse-Freundschaft von Ludwig Hohl (s. Anm. *Warschawski* zu S. 139).

S. 101 *exhibitionistisch*: Im Typoskript folgt die durchgestrichene Stelle »nicht für zwei Fünfer«.

S. 107 *Apothekerartiges*: Der Berufsstand der Apotheker stellt für Ludwig Hohl den Inbegriff des engstirnigen, kleinkarierten Bürgers dar, und entsprechend ist für Hohl die Bezeichnung ›Apotheker‹ allgemeiner Ausdruck höchster Geringschätzung. In seinem Hauptwerk *Die Notizen oder von der unvoreiligen Versöhnung* rechnet er im Kapitel VIII mit diesem Typus und seinen Werten ab. Der Untertitel lautet: »Von Narren, Redaktionen, Hund, Sonn- und Feiertagen, Dummheit, Häßlichkeit, Faulheit.«

S. 108 *abominable*: von Hohl eingedeutschtes frz. Adjektiv für ›abscheulich‹.

S. 114 *steuern*: im Typoskript überschrieben: »lenken«.

S. 115 *Vater umgebend*: danach im Typoskript die Apposition gestrichen: »den grossen Mann«.

S. 122 *Blitzlicht*: im Typoskript überschrieben: »rasches Licht«.

S. 126 *Péguy*: Charles Péguy (1873-1914), zunächst sozialistischer, dann konservativ-katholischer französischer Schriftsteller, der im Ersten Weltkrieg fiel. Sein Werk *Clio. Dialogue de l'histoire et de l'âme païenne*, aus dem Hohl zitiert, entstand um 1909, erschien allerdings erst postum im Jahr 1917. Im Typoskript ist das Zitat unter Angabe der *Œuvres complètes* (Vol.

VIII, S. 253) handschriftlich hinzugefügt, wobei nur die erste und die letzte Zeile angegeben sind. Es wurde für diese Ausgabe entsprechend ergänzt.

S. 131 *habe ich schon erwähnt*: Hohl verweist im Typoskript parenthetisch auf »S. 50« (hier S. 59).

S. 131 *Die Umstände der Zeit*: Hohl datiert diesen Metakommentar im Typoskript auf den »23. Mai 1933«. Die nachfolgenden Schilderungen sind im Vergleich zum Gesamt-Typoskript auch optisch gedrängter verfasst (ohne Zeilendurchschuss).

S. 132 *fürchterlicher Beschimpfungen*: handschriftlich ergänzt, nachdem im Typoskript gestrichen: »und unser Auseinandergehen«.

S. 132 *Vergiftung des Mélèze*: Gemeint ist der Ruisseau du Mélèze, ein Fluss, der an Dingy vorbei in den Fier fließt. Zu der hier unvermittelt eingeführten Anekdote des vergifteten Forellenbaches siehe auch Hohls »Beobachtungen« in *Die Notizen oder Von der unvoreiligen Versöhnung* (Berlin: Suhrkamp 2014), S. 360 (VII, 19); dieser Darstellung zufolge hatte Madame Martinod den Bach selbst vergiftet: »Mère M., der strengen, bissig gerechten Wirtin, die nach einem untadelhaften Leben in hohem Alter den Forellenbach der Gegend vergiften ließ, just zwei Tage bevor sie ein Bankett gab, dann, als die Polizei erschienen war, mit unbeirrbarer Sicherheit die verwunderlichsten Erklärungen vorbrachte, wie, *sie* brate eben Fische nicht wie die andern Leute stets im selben Fett, sondern jedesmal in *frischem* Öl, wodurch es ihr denn möglich sei, den billigsten Seefisch in eine Forelle zu verwandeln, ohne daß selbst der beste Kenner etwas merke«.

S. 133 *Die Polizei sprengt … hinauf*: Analogiebildung aus dem Schweizerdeutschen.

S. 137 f. *Kosmos / Dôme*: Gemeint sind zwei Kneipen bzw. Künstlercafés im Pariser Montparnasse; sie bilden das Milieu, das auch in Ludwig Hohls Novelle *Die seltsame Wendung* beschrieben wird.

S. 139 *Wiralt*: Eduard Wiiralt (1898-1954), estnischer Grafiker und Maler, der von 1925 bis 1939 in Frankreich lebte und dort zum Montparnasse-Kreis gehörte, und zwar zur »Vieille Garde«; vgl. Jacometti, *Têtes de Montparnasse*, a.a.O., S. 90-98. Er war spezialisiert auf Holz- und Linolschnitte, sein vom Expressionismus inspirierter Stil nahm während der Pariser Zeit auch Einflüsse des frühen Surrealismus auf.

S. 139 *Warschawski*: Oser Warszawski (1898-1944), polnisch-jidischer Schriftsteller, der von 1924 bis in die 1930er-Jahre in Paris lebte und sich dort auch mit Ludwig Hohl anfreundete; vgl. Stüssi, *Hohl*, a.a.O., S. 183. Neben dem erfolgreichen Schtetl-Roman *Shmuglars. A roman in drai teiln, illustrirt* (Warschau: Farl Waisenberg, 1920) und einer regen publizistischen Tätigkeit porträtierte er in *L'Arrière-Montparnasse* (1992 postum bei Lachenal et Ritter erschienen) in Wort und Bild dieselben Künstler-Kreise, wie sie auch Hohl erlebte und in seinen Pariser Aufzeichnungen verewigte.

S. 141 *ENDE*: Auf dem nachfolgenden Blatt im Typoskript notiert Hohl am 2. März 1966 folgende Variante des Endes (vgl. Bildteil, Abb. 4):

»›Was willst du? Mein Coiffeur. – Er zahlt zwar
auch nicht gut. [Aber] Man muss doch von etwas leben!‹
Und sein Gelächter erschallte.
[und er brach aus in schallendes
wirres
wirr schallendes Gelächter]«

EDITORISCHE NOTIZ

Der hier erstmals publizierte Text aus dem Nachlass von Ludwig Hohl ist als geheftetes Typoskript von 120 paginierten Seiten in einem braunen, handbeschrifteten Umschlag überliefert. Neben einigen Sofortkorrekturen mit der Schreibmaschine weist das Typoskript nur wenige handschriftliche Änderungen auf. Wie Hohl in seinen tagebuchartigen Aufzeichnungen der *Epischen Grundschriften* festhält, erfolgte die Niederschrift während seines Aufenthalts in Holland vom 30. November 1932 bis Ende Januar 1933 in relativ raschen Zügen und für Hohls Verhältnisse erstaunlich produktiv, die »Tagesleistung bis zu 11 ½ S. steigernd«. So konstatiert der Autor nicht ohne Stolz: »wie erstrebt, ist der frühe Rekord einer Woche im November somit geschlagen worden«.[1] Doch lässt sich dieses Tempo nicht bis zum Schluss durchhalten, das unfertige Typoskript bleibt vorerst liegen. Erst im Mai 1933 nimmt Hohl den Faden wieder auf, nun fehlt aber der nötige Schwung, um den Text richtig abzuschließen. Ab Seite 116 im Originaltyposkript (hier ab S. 132) gibt er, in gedrängter Diktion und ohne Zeilenschaltung, die Fortsetzung nur noch rhapsodisch wieder, einzelne Szenen werden nicht mehr oder nur stichwortartig ausgeführt.

1 EG 28, 22.01.1933, SLA-Hohl-A-04-a-41.

Der raschen Niederschrift geschuldet ist, dass der vorliegende Text, der abgesehen von überschaubaren Sofortkorrekturen keine tiefgreifende Überarbeitung erfahren hat, in seinem Rohzustand auffallend stilistische Schwankungen aufweist: Neben brillanten Passagen, vor allem bei den Landschafts- und Personenbeschreibungen, ist der Erzählung die Flüchtigkeit, um nicht zu sagen Nachlässigkeit, im Duktus anzumerken. Als eklatantes (und angesichts des Titelbegriffs vielleicht sogar signifikantes) Beispiel sei hier die holprige Wortwiederholung von »heute dauerte die Station« (S. 88) erwähnt. Die Ungeschliffenheit des Textes zeigt sich ferner auch an ungewohnten Formulierungen und Satzkonstruktionen, die Hohl im Deutschen unterlaufen, wenn sich dialektal vertraute Wendungen oder die französische Syntax (wohl unbemerkt) in seine Schreibweise einschleichen, die manchmal zwischen den Orthographien changiert (bspw. Banquet/Bankett). Gerade aber diese Anomalien verleihen dem Text, trotz oder entgegen seiner zuweilen erkennbaren Tendenz zur Literarisierung des Stoffes, einen Grad von unmittelbarer Authentizität und Realitätsnähe. Insofern fügt sich die Textästhetik in die von Hohl gewählte Gattungsbezeichnung als »Chronik« oder »Bericht«.

Am 23. Mai 1933 beendet Ludwig Hohl in Den Haag die Arbeit, ohne sie später (wie ursprünglich geplant) weiter zu verwenden. Lediglich im März 1966 fügt er mit Bleistift eine mögliche Schlussvariante auf der letzten Seite ein, und das auch eher willkürlich. Andere Nachbearbeitungen, die auf eine spätere Publikationsabsicht hindeuten, lässt das Typoskript nicht erkennen, mit Ausnahme eines Kommentars vom 7. Januar 1974 auf dem Titelblatt (vgl. Bildteil, Abb. 5): »Man kann etwas daraus machen, eigentlich ohne Änderungen (nur mit Verschlüsselung der Namen), mit gewissen Kürzungen.« Eine Einschätzung, die nochmals mit rotem Stift wiederholt und fünf Jahre später, im Januar 1979, erneut bestätigt wird: »Müsste stärker gekürzt werden.« Zwischendurch, im Mai 1976, hielt Hohl diese Maßnahme, wie er ebenfalls auf dem Titelblatt vermerkt, jedoch für »zweifelhaft« (vgl. Bildteil, Abb. 5). Ob und in welcher Gestalt der Text vom Autor für publizierbar erachtet wurde, muss deshalb weitgehend offenbleiben.

Hingegen gibt es einige Anhaltspunkte über die ursprüngliche Publikationsabsicht. Ein erster Hinweis findet sich ebenfalls auf dem Titelblatt. Die *Chronik Dingy* sollte Teil des Komplexes der *Mitternachtsgesellschaft* sein. Unter diesem Titel plante Hohl einen großangelegten – an Honoré de Balzac und Marcel Proust orientierten – Gesellschaftsroman, ein soziales Panorama über das Montparnasse-Milieu, vor allem über die zwielichtigen Gestalten, die Herumtreiber, die Trinkgenies und die verkannten Künstler – wofür die heruntergekommene Gestalt Georges Mergault, das ›Untersuchungsobjekt‹ der *Chronik Dingy*, ein Paradebeispiel abgibt: ein Möchtegern-Schriftsteller, ein Prahlhans, ein Ekel, ein Scheusal, ein Wrack und ein Freak mit gefärbten Haaren, der allerdings – was Hohl nicht weiß oder ausblendet – bereits eine erfolgreiche Vorgeschichte als Rugby-Spieler hinter sich hatte, bevor er in der Pariser Bohème strandete. Es handelt sich also um eine historisch verbürgte Figur.

Hohls Darstellung deckt sich weitgehend mit dem Porträt, welches Nesto Jacometti in seinen *Têtes de Montparnasse* von ihm gibt, wobei Mergault dort als Dioskure des Malers Léonide Petroff auftritt,[2] der wiederum als Vorbild für die Malerfigur in Hohls Novelle *Die seltsame Wendung* diente,[3] die ebenfalls in den genannten Komplex der *Mitternachtsgesellschaft* einfließen sollte, zusammen mit einer weiteren Chronik, die Hohl mal unter dem Titel *Holundermark*, mal unter dem nicht mehr dechiffrierbaren Akronym *IEA* erwähnt. Weder über deren Inhalt – der Andeutung auf Seite 50 zufolge handelte sie von einer weiteren Montparnasse-Gestalt – noch über deren Verbleib ist etwas bekannt.[4] Aus den Aufzeichnungen in den *Epischen Grundschriften* und den Agenden lässt sich lediglich entnehmen, dass Hohl diese Chronik unmittelbar vor Beginn der *Chronik Dingy* abgeschlossen hatte, nämlich am selben Tag, dem 30. November 1932. Ein Exemplar schick-

2 Nesto Jacometti: *Têtes de Montparnasse*. Paris: Librairie P. M. Villain 1934, S. 84 f.: »Tous les deux toussaint. Tous les deux boitaient. Tous les deux crachaient des jurons. L'un était Pétroff, le peintre. L'autre Mergault, le poète.«

3 Postum aus dem Nachlass publiziert; vgl. Ludwig Hohl: *Die seltsame Wendung. Novelle*, herausgegeben im Auftrag der Ludwig Hohl Stiftung von Magnus Wieland mit einem Nachwort von Anna Stüssi. Berlin: Suhrkamp 2023.

4 Einer allerdings nicht verifizierbaren Hypothese zufolge könnte es sich um die Figur des Jakob Eckmann handeln, den Hohl in seinen *Epischen Grundschriften* erwähnt und der dem Autor sogar eigenhändige Notizen zur Verfügung stellt. Skizzen zufolge sollen Eckmanns (mitunter auch sexuelle) Irrläufe durch die Großstadt im Suizid enden, indem er sich vom dritten Plafond des Eiffelturms stürzt (vgl. Anna Stüssi: *Ludwig Hohl. Unterwegs zum Werk. Eine Biographie der Jahre 1904 bis 1937*. Göttingen: Wallstein 2014, S. 166).

te er am 27. Januar 1933 an seine Freundin Gertrud Luder nach Paris, die den Empfang am 19. Februar lapidar quittierte: »Chronik erhalten, Dank.«[5] Danach ist im Briefwechsel nicht mehr davon die Rede, da Gertrud Luder allgemein sehr zurückhaltend über die ihr zugeschickten Texte urteilte.

Aus dem geplanten Roman *Mitternachtsgesellschaft* ist nichts geworden, deshalb wurde der Titel später wieder durchgestrichen. Eine weitere Notiz auf dem Titelblatt (vgl. Bildteil, Abb. 5) verrät stattdessen, dass Hohl nach einer längeren Pause am 19. Juni 1976 erwog, die Chroniken einzeln zu veröffentlichen und davon speziell die Novelle *Die seltsame Wendung* zu entkoppeln, was er im Hinblick auf eine Nachfolgepublikation von *Bergfahrt* bei Suhrkamp so vorbereitete. »Eventuell: Zwei Chroniken (und allein die Selts. W.)« Diese Notiz deutet darauf hin, dass zumindest damals (1976) Hohl noch im Besitz eines Exemplars der heute verschollenen Chronik *IEA* war. Diese Pläne wurden jedoch mit dem Ableben des Autors am 3. November 1980 obsolet. Erst postum erschienen unter dem Titel *Und eine neue Erde*, herausgegeben von Johannes Beringer, verschiedene kleinere Texte, die vom Pariser Aufenthalt inspiriert und in den 1930er-Jahren verstreut in Zeitungen erschienen sind, darunter auch eine Erzählung namens *Mitternachtsgesellschaft* aus dem Montparnasse-Milieu.

Der von Hohl auch als *Chronik Dingy* bezeichnete Text erscheint hier erstmals unter dem Titel *Die vorletzte Sta-*

5 Brief vom 19. 2. 1933, SLA-Hohl-B-02-a-390/399.

tion im Druck. Für diese Titelwahl waren zwei Faktoren ausschlaggebend: Zum einen ist es der allgemein verständlichere und literarisch ausgestaltete Titel, der erkennbar in Anlehnung an das Parallelprojekt *Die seltsame Wendung* gebildet ist; zum anderen gibt es Hinweise, dass der Autor diese Titelvariante für eine Publikation vorgezogen hätte. Obwohl sie auf dem Deckblatt (s. Bildteil, Abb. 5) in Klammern steht, scheint Hohl sie doch zu favorisieren, zumal sowohl der Umschlag des Konvoluts als auch der Beginn des Typoskripts auf Seite 1 mit »Die vorletzte Station« überschrieben sind, während von einer Chronik erst am Schluss des Typoskripts auf Seite 120 (hier S. 141) wieder die Rede ist, die das »ENDE der Chronik« anzeigt. Das deutet darauf hin, dass Hohl die Bezeichnung ›Chronik‹ weniger als eigentlichen Titel, sondern vielmehr als Hinweis auf die Textsorte verstanden wissen wollte, wie auch die handschriftlich auf dem Titelblatt ergänzte Genrezuweisung: »Ein Bericht«.

Die Grundlage für die vorliegende Lesefassung bildet eine textgetreue Transkription des Typoskripts aus dem literarischen Nachlass von Ludwig Hohl im Schweizerischen Literaturarchiv. Auf orthographische Modernisierungen oder Normalisierungen wurde grundsätzlich verzichtet. Emendiert wurden nur offensichtliche Tippfehler (z. B. »Schmid« anstatt »Schmied«, »Packet« statt »Paket«, »verpaeten« statt »verspaeten« oder »rauhe« statt »raue«) und offensichtlich falsch oder asymmetrisch gesetzte Satzzeichen, sofern sie sinnentstellend und verständniserschwerend sind. Konsequent falsche Schreibgewohnheiten Hohls (wie »aufeinmal« statt »auf einmal« oder »Mittags« statt

»mittags«) wurden außerdem angeglichen. Das gilt auch für Hohls Eigenart, bei Satzende mit schließender Klammer den Punkt innerhalb der Parenthese anzubringen. Alle Sofortstreichungen oder nachträgliche handschriftliche Änderungen im Typoskript wurden als Korrekturstufe letzter Hand berücksichtigt, aber nur in Fällen inhaltlicher Relevanz im Stellenkommentar ausgewiesen. Semantisch unbedeutende Streichungen (wie »~~schon~~ früher vorgebrachte«) oder Substitutionen (wie »sich erschrocken« für »zu erschrecken«) werden nicht eigens erwähnt, sondern stillschweigend umgesetzt. Ferner wurden im Typoskript verwendete Abkürzungen wie »MP.« für Montparnasse, »Mme« für Madame oder »Merg.« für Mergault in der Lesefassung konsequent aufgelöst. Emphasen markierende Sperrungen oder Unterstreichungen werden im Druck kursiv wiedergegeben; kursiviert wurden außerdem im Deutschen ungebräuchliche französische Ausdrücke, selbst wenn sie im Typoskript nicht eigens markiert sind. Auf Hohls Schreibmaschine nicht vorhandene Zeichen (wie die Umlaut-Majuskel Ü, Ä, Ö und das scharfe Eszett »ß«) sind nach den heute geltenden Regeln umgesetzt.

Das Typoskript enthält keine Zwischentitel, wohl aber eine dem eigentlichen Text vorangehende »Inhaltsübersicht« mit genauen Seitenangaben, auf deren Grundlage die Zwischentitel hier eingefügt wurden.

Alle Abbildungen stammen, wenn nicht anders angegeben, aus dem Nachlass Ludwig Hohls im Schweizerischen Literaturarchiv (SLA), Bern. Mit freundlicher Genehmigung der Ludwig Hohl Stiftung.

Der Herausgeber dankt der Ludwig Hohl Stiftung (namentlich Marcus Sartorius und Thomas Fries) für den Auftrag, Ariane Lüthi für das professionelle Lektorat, Hugo Sarbach für die Basistranskription, Barbara Lafond (†) für Einblicke in ihre Habilitationsschrift, dem Schweizerischen Literaturarchiv für die bewilligte Nebenbeschäftigung, sowie Thomas Fries, Antonin Moeri und Anna Stüssi für wertvolle Hinweise und Anregungen.

ZU LUDWIG HOHLS ›BERICHTEN‹

In der Bibliothek Suhrkamp erscheinen aus dem Nachlass von Ludwig Hohl fünf Texte, die neben seinen *Notizen* und der Erzählprosa eine weitere, bislang unbekannte Werkkategorie bilden. Hohl nennt sie ›Berichte‹. ›Bericht‹ ist in Literatur und Dichtung kein allgemeiner Gattungsbegriff wie etwa ›Roman‹ oder ›Novelle‹ – ganz im Unterschied zu den überaus häufigen Berichten im Journalismus oder in allen Bereichen der Administration. Dort bezeichnet die Textsorte ›Bericht‹ die eher umfangreichere, möglichst objektive, in den eigenen sprachlichen Mitteln eher diskrete Darstellung eines größeren Sachverhalts, der zu Beginn des Textes bereits abgeschlossen vorliegt (z. B. Bericht über eine politische Entwicklung, Jahresbericht, Schlussbericht).

Trotzdem bezeichnen viele Autoren der Moderne bestimmte Texte in Titel oder Untertitel ausdrücklich als ›Bericht‹ (Franz Kafka, Joseph Roth, Bertolt Brecht, Johannes Bobrowski, Alfred Andersch, Max Frisch, Martin Walser u. v. m.). Auch diesen ›Berichten‹ geht immer etwas bereits Abgeschlossenes voraus (oft eine autobiographische Erfahrung), und tendenziell lässt sich feststellen, dass der Berichterstatter gegenüber dem Berichteten zurücktritt und dass die Texte mit eher nüchternen sprachlichen Mitteln arbeiten. Wichtiger als die Gattungszuordnung scheint dabei für die Literatur die ursprüngliche Bedeutung von ›berichten‹ zu sein, im Sinne von ›berichtigen‹: Literarische Berichte möchten oft ein Geschehnis *ins richtige Licht stellen*, sie dienen der objektiven *Rechtfertigung*. Die Ausgestaltung dieser Zielsetzung kann jedoch sehr verschieden sein und lässt kein allgemeines Muster erkennen.

Von Ludwig Hohl erscheint nun eine relativ geschlossene Gruppe von fünf Texten aus den 1930er- und 1940er-Jahren als *Berichte*, in denen die schonungslose Schilderung bestimmter Milieus, aber auch der eigenen Verfassung viel Raum einnimmt. Den ersten dieser fünf Texte, *Die seltsame Wendung*, benennt Hohl allerdings ausdrücklich als *Novelle*, dessen Einbezug in das Textkorpus bedarf somit vorgängig der Begründung. Die *sprachliche Gestaltung* der *Novelle* unterscheidet sich ganz extrem von Hohls publizierten Texten. In seinem Begriff des geglückten künstlerischen Werks kommen zwei ganz verschiedene Vorstellungen zusammen: die einer langen, ausdauernden Arbeit an der Formulierung und der Anordnung der Elemente und die einer wunderbaren Wandlung der ganzen Mühsal in ein geglücktes Werk. Bestes Beispiel dafür ist die Umschichtung und Umarbeitung seiner berühmten »Zettelwirtschaft« zu den *Notizen*. *Die seltsame Wendung* erreichte dieses glückliche Stadium nicht, der Text blieb 50 Jahre lang bis zu Hohls Tod trotz wiederholter Bearbeitungen unveröffentlicht. Als *Werk* anerkennen kann Hohl den Text keinesfalls, doch definitiv aufgeben kann er ihn ebenso wenig.

Dieser Charakterzug des Fertig-Unfertigen trifft auf alle nun postum edierten Texte zu, auch auf *Die vorletzte Sta-*

tion. Das liegt an ihrer *sprachlichen Form*. In Bezug auf die eingesetzten sprachlichen Mittel entsprechen Hohls Texte den genannten Merkmalen des Berichts (Diskretion, Nüchternheit) gerade *nicht*, vielmehr sehen sich Leserin und Leser von Anfang an mit einem bewusst ungehobelten Sprachduktus konfrontiert, wie er für heftige, unkontrollierte *mündliche* Streitrede charakteristisch ist und in dem gewissenhafte Leserinnen und Leser manche Fehler und einige Geschmacksverirrungen entdecken mögen. Doch für Hohl ist gerade dieser scheinbare Mangel an sprachlicher Gestaltung und Überarbeitung notwendig im Hinblick auf die Authentizität des Mitgeteilten sowie der Mitteilung selbst, das gibt seinen fünf Berichten ihren besonderen Charakter. So gesehen setzt *Die vorletzte Station* den Ton nicht nur für sich selbst, sondern ebenso für die anderen Berichte, die alle in bewusst roher, unbearbeiteter sprachlicher Gestalt daherkommen: auf gewisse Weise ein literarischer *Art brut*.

Der zuweilen wütende Umgang mit dem eigenen Text und die Unmöglichkeit, sich für die Publikation oder die Vernichtung zu entscheiden, verdeutlicht den Charakter des Berichts als *Kampfplatz*. Dafür setzt sich der Autor – und durch ihn die Lesenden – der ungebrochenen Wucht des Berichteten aus. Eine ›gepflegtere‹ Darstellung – so könnte man umgekehrt sagen – hätte die schroffe Gegenüberstellung zur soignierten Welt, die sich gegenüber dem erfolglosen Künstler, den Trinkern, den Verrückten, den Gefangenen und dem ausgelieferten Schriftsteller negativ abgrenzen wird, bloß aufweichen können.

Zusammenfassend lässt sich Hohls Begriff des Berichts –

deutlich abgegrenzt von seiner Vorstellung des geglückten künstlerischen Werks – so bestimmen: Primäres Merkmal ist die rohe ›äußerliche‹, an der Mündlichkeit orientierte sprachliche *Form* zur getreuen Übermittlung einer Innensicht. Diese besondere Technik hat Hohl in *Die seltsame Wendung* als Künstlernovelle entwickelt und in den folgenden vier ›Berichten‹ weitergeführt. *Inhaltlich* gesehen steht die möglichst unmittelbare, mündliche Bindung zur vorangegangenen autobiographischen Erfahrung im Vordergrund; dabei beschreibt der Text – anders als in den Berichten des Alltags – zunächst intensiv und schonungslos den Berichterstatter und dessen Umwelt. Aus *textgenetischer* Sicht gehören Hohls fünf *Berichte*, die in einem nicht auflösbaren Korrektur- bzw. Zerstörungsstadium festgefahren sind, zu jener Gruppe von Texten, welche sich vom Autor mit allen Abschlussversuchen auf notwendige Weise nicht abschließen, aber auch nicht vernichten lassen.

Thomas Fries

INHALT